अक्लान्त कौरव

महाश्वेता देवी

अनुवाद
कंचन कुमार

राधाकृष्ण प्रकाशन

ISBN 978-81-8361-161-9

अक्लान्त कौरव

पहला संस्करण : 1981
छठा संस्करण : 2019

मूल्य : ₹395

प्रकाशक
राधाकृष्ण प्रकाशन प्राइवेट लिमिटेड
जी-17, जगतपुरी, दिल्ली-110 051

शाखाएँ : अशोक राजपथ, साइंस कॉलेज के सामने, पटना-800 006
पहली मंजिल, दरबारी बिल्डिंग, महात्मा गांधी मार्ग, इलाहाबाद-211 001
36 ए, शेक्सपियर सरणी, कोलकाता-700 017

वेबसाइट : www.radhakrishnaprakashan.com
ई-मेल : info@radhakrishnaprakashan.com

मुद्रक
बी.के. ऑफसेट
नवीन शाहदरा, दिल्ली-110 032

AKLANT KAURAV
Novel by Mahashweta Devi

1980 का सूखा जोरों से हावी होता कि जागुला में बारिश शुरू हो गई। जागुला अभी शान्त है, एकदम शान्त। यह शान्ति अग्निगर्भी है या वाकई वास्तविक, पता नहीं चलता।

जागुला आने से पहले द्वैपायन सरकार ने सब-कुछ पता लगा लिया था। हालाँकि वह एक प्रौढ़ रिसर्चस्कॉलर है और वाम राजनीति के दक्षिणी छोर का स्थाई निवासी है, फिर भी जाने कौन लुटेरे उसके मस्तिष्क-कोष को खोदकर सब-कुछ उठा ले गए और उसके अनदेखे में एक नियन्त्रक मशीन उसके चिन्तन-कोष में बैठा गए हैं। फलस्वरूप बाहर से चेहरा पहले जैसा ही है, मगर दिमाग में अजीब-अजीब से खयाल मँडराते रहते हैं। लुटेरे लोग इस मुल्क के बहुतेरे मस्तिष्कों को आजकल नियन्त्रित कर रहे हैं। फलस्वरूप नियन्त्रित इनसान मुल्क और मुल्क के इनसान के लिए नुकसानदेह बात सोचते हैं, काम करते हैं और उसके बाद भी अपने को ईमानदार तथा विवेकशील समझते हैं। सभी कुछ लुटेरों के मन मुताबिक होता है। लुटेरों का एकमात्र मकसद है शोषितों के खेमे में हिंसात्मक तथा सशस्त्र प्रतिवाद फिर कहीं न दिखाई दे, ताकि हिंसात्मक तथा सशस्त्र होने का एकमात्र अधिकार शासकों के पास ही रहे।

द्वैपायन सरकार की उम्र साठ साल है। चेहरा सुतवाँ, बुद्धि तेज। अपने पीछे वह एक रक्ताक्त अतीत छोड़ आया है और उसे ही मिटाने के लिए उसने अब अहिंसा, साम्यवाद, समाजवाद जैसे पंचरंगी प्रोग्रामों की दीक्षा ली है।

शोध के सिलसिले में ही उसका जागुला में आगमन हुआ है। अचानक। दरअसल अगर मातो डोम भूत के डर से न डरता तो धर्मपूजा के मेले के हुल्लड़ में द्वैपायन के अचानक आगमन पर किसी का ध्यान ही न जाता।

मातो रिक्शा तेजी से चलाता है और आदत के मुताबिक कभी भी रिक्शा की बत्ती नहीं जलाता। लालमोहन कांस्टेबल ने थाने के सामने उसे रोका और बगैर बत्ती के रिक्शा चलाने के लिए 'साले को बहुत गर्मी चढ़ी है' कहकर उसकी जेब पर झपट्टा मारने की कोशिश की। पैसे के बदले धर्मठाकुर के भार-जन्तर पाकर लालमोहन चिढ़कर चिल्लाने लगा। झगड़े को रोकने के लिए देवकी मिसिर

ने बाहर निकलकर दोनों को फटकारा तो मातो कहने लगा, "भूत देखकर भागा, इसीलिए बत्ती जलाने की बात याद नहीं रही।"

"भूत?"

"हाँ, भूत।"

"कहाँ?"

"काली बाबू के दफ्तर में।"

"आँ! क्या कहता है?"

"बाबू, कालीबाबू तो कब के मर गए। उनके अखबार का दफ्तर भी बन्द रहता है। वहाँ जाकर देखा, वह बैठे हैं बत्ती जलाकर। देखकर डर गया।"

अब देवकी मिसिर बहुत ही चिढ़ गया। कहने लगा, "मर गया? काली बाबू?"

"हाँ, बाबू!"

"साला, थाने की दीवार पर उसकी तसवीर क्यों टँगी रहती है? लापता हैं, नहीं जानते? मर गया!"

शराब के नशे और प्रेत के डर से बेबस मातो ने कहा, "वह जिन्दा नहीं हैं, मर गए हैं।" वह रो पड़ा, "भले आदमी को मार दिया, बाबू! उसके परिवार को पातकी बना डाला।"

"क्या कह रहा है तू?"

"सभी को पता है। बसाई टुडु को खत्म करने के लिए पुलिस चरसा के जंगल में घुसी थी। बाप रे मिलेट्री! काली बाबू भी वहाँ थे। बसाई को न पाकर उसे ही मारकर जंगल में डाल दिया। बेतुल काउरा वहाँ से हड्डियों को चद्दर में बाँधकर ला रहा था, उसे भी मार डाला। सारी कहानी हाट-बाजार में फैल गई। तुमने और थाना बाबू ने उस समय कितनी दौड़धूप की थी। उसके बाद सामन्त बाबू ने जाने क्या सलाह दी कि काली बाबू की तसवीर खोलकर टाँग दी गई कि काली बाबू अभी भी जिन्दा हैं, लापता हैं! उनकी पत्नी को भी यही बताया था। इसीलिए तो वह सिन्दूर नहीं पोंछती, लोहा नहीं उतारती। काली बाबू को तुम लोगों ने मार डाला है न?"

"शराब पीकर तू पागल हो गया है? ऐसी बात कहने पर तुझे भी हवालात में डाल दिया जाएगा।"

"किरिया-करम नहीं हुआ, इसीलिए मरा हुआ आदमी घर पर आकर बैठा है। मैंने देखा है।"

"गलती की, मेरे बाप!"

देवकी मिसिर ने बहुत ही परेशानी में मातो को बाप कह डाला।

1977 के बसाई टुडु-ऑपरेशन में चरसा के जंगल में पुलिस ने काली साँतरा को मारकर उसी जंगल में लाश फेंक दी थी। महीने-भर बाद बेतुल काउरा उसकी हड्डी, चश्मा तथा सड़ी-गली चप्पल निकाल, चद्दर से बाँधकर थाने में ले आया और थाने में उसे जमा करके काली की मौत को लेकर बहुत ही रोया-गाया। फलस्वरूप उसे भी मरना पड़ा। यह तमाम बातें सत्य हैं और कोई भी घटना सामन्त या एस.आई. या देवकी से छिपी नहीं है। इसीलिए काली साँतरा की तसवीर टाँगकर उसे 'लापता' घोषित किया गया है। काली की पत्नी गिनिमाला को सधवा के लिबास में रहने को कहा गया। देवकी अब इस बारे में बातचीत नहीं करना चाहता। इसीलिए उसने मातो से कहा, "घर जा, बाप! वह तो कोई बाबू है। किसी काम से आया है। बैठकर काली बाबू का अखबार देख रहा है, इसी से तू डर गया। काली बाबू का समाचार अगर दे सका तो बख़्शीस मिलेगी।"

मातो आँखें पोंछता है। फिर सिर हिलाकर कहने लगा, "नहीं बाबू, वह काम अब नहीं करता। बाबा अब मेरे साथ बातचीत करता है। बाबा ने मना किया है। थाने में खबर भी नहीं करेंगे, पैसे भी नहीं लेंगे।"

"रतन क्या कहता है?"

"कहता है, वह गुहखोरी का काम है। तुझे रुपया भी नहीं मिला और बस में तेरी नौकरी भी नहीं लगी...। और मत जाना।"

"तब तो अच्छी बात है। घर जा। रतन कहाँ है?"

"घर पर।"

"अब क्या करता है?"

"मैं क्या जानूँ?"

मातो चला गया। देवकी मिसिर ने सिर हिलाया। छोटी जात का रुतबा बहुत बढ़ गया है। मातो खोचर[1] का काम नहीं करना चाहता। कभी करता था। रतन, उसका बाप जरूर उसे सलाह दे रहा है।

लालमोहन कांस्टेबल देवकी के साथ कमरे में आकर बैठ गया। उसके बाद कहने लगा, "मेले में बहुत बात बढ़ी, मिसिरजी। धरमराज के मेले में हम लोग उगाही तो करते ही हैं। इस बार इन्दर बाबू ने सबसे मना किया है, किसी ने कुछ नहीं दिया। इन्दर बाबू क्या पार्टी का काम नहीं करता?"

"कौन? इन्द्र प्रामाणिक? वह यहाँ?"

"हाँ, मिसिरजी!"

---

1. खुफियागिरी

देवकी मिसिरजी ने कहा, ''अब सब समझ गया। तू जा।'' मन ही मन उसे खतरे का अन्देशा मिला। 'इन्द्र प्रामाणिक' नाम बहुत ही परेशानी में डालनेवाला है। राजनीति के खेल में खरीद-फरोख्त, भाग-बँटवारा हो जाने के बाद भी इन्द्र प्रामाणिक जैसा युवक सभी को परेशानी में डालनेवाला है। पार्टी को भी। पश्चिमी बंगाल में हर जगह जैसा चल रहा है, जागुला में भी वैसा ही है। जागुला में जो कुछ हुआ है, उसे अच्छी तरह समझने पर सारे पश्चिमी बंगाल के मानचित्र को मोटे तौर पर समझा जा सकेगा। इस भयंकर रूप से जटिल या निहायत ही सरल मानचित्र में पश्चिमी बंगाल की सर्वाधिक महत्त्वपूर्ण राजनीतिक पार्टी के लिए इन्द्र प्रामाणिक जैसा ईमानदार और लड़ाकू कैडर एक जंजाल है। स्थानीय जन-प्रतिनिधि सामन्त के लिए भी। देवकी मिसिर के लिए तो है ही। सामन्त और सामन्तनुमा पार्टी के लोगों के लिए आज इन्द्र प्रामाणिक की अपेक्षा देवकी मिसिर अधिक जरूरी है, अधिक भरोसे के काबिल है। विश्वसनीयता के क्षेत्र में देवकी या एस.आई. निश्चय ही इन्द्र के पाँव के नाखून के लायक नहीं हैं। मगर पार्टी-नेतृत्व के लिए आज इन्द्र जैसे कैडरों की अपेक्षा थाना-पुलिस अधिक जरूरी है। पुलिस को खुश करने की बात को लेकर ही इन्द्र और सामन्त में बड़ा वितण्डावाद मचा। सामन्त ने उस दिन जल-भुन कर कहा, ''काली साँतरा गया—तुम आए। विवेक की भूमिका देख रहा हूँ, अब तुम्हारी बारी है।''

''काली-दा का नाम आप जुबान पर न लाएँ।''

''क्यों, उस योग्य नहीं हूँ?''

''नहीं। पार्टी की इमेज आप लोगों की दुआ से बहुत पहले से ही सड़ने लगी है। इसीलिए काली-द. को विवेक का बोझ ढोना पड़ता था। मुझे आप काली-दा के बराबर मत रखिए। मैं उनके पैर की धूल के बराबर भी नहीं हूँ।''

''ज्यादा उछल-कूद मत करो।''

''पार्टी के लड़के को पुलिस ने नहीं मारा? मिसिर ने सिर्फ नक्सलों को मारा था? पचहत्तर में कितने लड़के मरे थे? उसी पुलिस को मदद दे रहे हैं। उसे माई-बाप-भाई कह रहे हैं, मामला क्या है?''

''काली उस तरह का था। तुम, देख रहा हूँ...!''

''काली 'था' कह रहे हैं, पहले कहा था 'काली गया'! काली-दा का आप लोगों ने क्या किया, सामन्त-दा? ऐसा क्या किया आपने कि उसे लेकर सभी बातें कर रहे हैं? क्या वह सच है? किसके निर्णय से सामन्त-दा, किसके निर्णय से?''

सामन्त उठकर चला गया था। परेशानी बहुत बढ़ रही है। काली साँतरा लापता है, उसे ढूँढ़ा जा रहा है, इस पर किसी को भी विश्वास नहीं। इन्द्र को

भी विश्वास नहीं है। बहुत ही गुस्से में आकर सामन्त ने काली के लड़के अनिर्वाण को बुला भेजा था और अपने विख्यात गम्भीर स्वर में कहा था, ''मामला क्या है?''

''क्यों, सामन्त चाचा?''

''बाप लापता हो गया है, इस आशय का बीच-बीच में अखबार में विज्ञापन तो दे सकते हो। यह काम क्या मेरा है?''

काली साँतरा के प्रति उसके लड़के को कोई श्रद्धा नहीं थी। फिर भी काली के मामले में तमाम बाजारू समाचार उसे भी पता है। उसने कहा, ''माँ ने मना किया है। मुझे भी नहीं लगता कि इससे कोई फायदा होगा।''

''तुम्हारी पत्नी ने कलकत्ते में नौकरी कर ली है?''

''हाँ।''

अनिर्वाण ने कुछ हिचकिचाते हुए आगे कहा, ''माँ ने यहाँ का मकान, जमीन सब-कुछ बेच देने के लिए कहा है।''

''क्यों?''

''कलकत्ता जाना है।''

सामन्त तुरन्त ताड़ गया कि काली किस तरह मारा गया है, काली की पत्नी और लड़के को भलीभाँति पता है। वे लोग चले जा रहे हैं, यानी डर गए हैं।

''जो तबीयत में आए करो। इन्द्र...इन्द्र ने कुछ कहा है?''

अनिर्वाण अचानक सामन्त को हक्काबक्का करते हुए रो पड़ा। फिर आँखों से आँसू पोंछता हुआ बोला, ''पिताजी की उपेक्षा करता रहा। उनकी कीमत नहीं जानी, ऐसा कहकर लोग मेरी छी-छी करते हैं। माँ ने माँग में सिन्दूर भरना नहीं छोड़ा, इसलिए भी लोग कितनी बातें करते हैं। सामाजिक निमन्त्रण पर भी नहीं बुलाते। अगर किसी तरह इस बारे में उस समय सरकारी रिपोर्ट दर्ज करा देते! सभी लोग कहते हैं कि पिताजी को मार डाला है। आप लोग कहते हैं कि वे लापता हो गए हैं। हम लोग क्या करें? बेतुल को भी...बेतुल को उनका चश्मा मिला था, वह तो प्रमाण था। वह अगर आप हमें दे देते तो हम उस समय रिपोर्ट दर्ज करा देते। तब हम लोगों की इस तरह की बेइज्जती तो नहीं होती।''

''तुम समझ नहीं रहे हो...।''

''माँ कलकत्ता जाकर गेरुआ धारण करेगी। बारह साल बाद सफेद वस्त्र पहनेगी। हम लोग जा रहे हैं, सामन्त चाचा।''

''काली नहीं है, प्रमाण पाए बगैर ही मान लोगे कि वह नहीं है? ऐसा भला कैसे होगा?''

"लापता कहा न? इसी पर सभी ने अविश्वास किया। बाबूजी जागुला छोड़कर कहीं नहीं जाते थे, घर और 'जिला वार्ता' के दफ्तर के अलावा। किसी का कभी कोई नुकसान नहीं किया... ।"

अनिर्वाण चला जाता है। सामन्त ने चिल्लाकर कहा, "अभी तो बहुत 'बाबूजी बाबूजी' कह रहे हो। घर में उसकी कितनी बेकद्री करते थे, सभी को पता है।"

अनिर्वाण ने और कुछ भी नहीं कहा।

काली का मामला बहुत उलझ गया है, यह सामन्त भी समझता है। अब काली साँतरा की हत्या के इतने दिनों बाद सरकारी तौर पर 'काली मर गया है'—यह कैसे कहा जाए? पहले वह तमाम बातें मन में क्यों नहीं खटकीं? अनिर्वाण के परिवारवाले कलकत्ता जाएँगे, जाने दो। अनिर्वाण को अच्छी तरह रगड़ा देना पड़ेगा ताकि बाप की मौत को लेकर ऐसी-वैसी बात न करे। कलकत्ता जागुला तो नहीं। शासक-दल के वरिष्ठ निर्वाचित नेता के तौर पर सामन्त जागुला में सभी को दबाकर रख सकते हैं। कलकत्ता में वह सम्भव नहीं है। जागुला के राजनीतिक विरोधियों से सामन्त नहीं डरता। गुप्त समझौते में उन्होंने जागुला का बँटवारा उसके नाम कर दिया है। वास्तव में, शहर अभी उनके गुण्डे-मस्तान-ठेकेदार-व्यापारियों के कब्जे में है। इस शासन में सभी खुश हैं। मनमाना मुनाफा लूटा जा रहा है, मनमानी गुण्डागर्दी चल रही है, मनमानी कीमतें बढ़ाई जा रही हैं, कालाबाजारी जोरों पर है। इसके बाद भी इस शासन का पतन कौन चाहेगा, क्यों चाहेगा—सामन्त सोच भी नहीं पाता।

प्रतिपक्ष भरोसे का है।

इन्द्र भरोसे का नहीं है।

अनिर्वाण भागेगा। अनिर्वाण चुप रहेगा। काली का समाचार सही नहीं है, इन्द्र ऐसा शक क्यों कर रहा है?

यहाँ बार-बार न आए तो अभागा बदमाश इन्द्र ऐसा झमेला खड़ा कर देता है कि सामन्त को कलकत्ता छोड़ जागुला आना पड़ता है। वोट लेने के लिए तो सामन्त सभी जगह जाएगा ही। सूखे के समय, बाढ़ के समय भी इन्द्र ने उन्हें यहाँ आने को मजबूर किया।

कम्बख्त को 'काली साँतरा' बना देना भी सम्भव नहीं है। जनता में उसकी गहरी पैठ है।

सामन्त इसी समस्या से पीड़ित था कि तभी ऊपर से फरमान आया कि द्वैपायन सरकार शोध के सिलसिले में आ रहे हैं। किसी विश्वसनीय पार्टी-कैडर के साथ उन्हें गाँव-गाँव भेजना होगा। कैडर विश्वसनीय होना चाहिए।

सामन्त उसी समय इन्द्र प्रामाणिक का वारा-न्यारा हुआ समझकर खुश हुआ।

इन्द्र बहुत ही गड़बड़ी मचा रहा है।

द्वैपायन सरकार कौन है?

द्वैपायन सरकार की उम्र अभी साठ की है। चाहे ऊपर से देखने पर ऐसा न लगे। छरहरा, सख्त बदन। चेहरा आमफहम। रंग साफ। आँखें चमकदार। जमाने से कम्युनिस्ट पार्टी में काम कर रहा है। पार्टी बँटने के बाद वह दाहिनी ओर रह गया। पार्टी की हाल की टूट-फूट में द्वैपायन ने इस दक्षिणपंथी वामपार्टी के दक्षिणतम छोर पर मोर्चा जमाने का निर्णय लिया है। ऐसा होगा, यह उसे पता था—क्योंकि दिल्ली के खूँटे की ताकत पर ही वह उछलता है।

जो विदेशी ताकत लम्बे अरसे से भारत सरकार के साग्रह सहयोग से इस मुल्क में उपनिवेश स्थापित कर रही है, वह ताकत समझौते की आड़ में कम कीमत में सिर्फ भारतीय श्रम और कच्चे माल से बनी चीज ही नहीं खरीदती, बल्कि भारतीय दिमागों में भी उपनिवेश स्थापित करती है। उससे सहायता-प्राप्त शोध-संस्थानों में देश के तरुण बुद्धिजीवियों के दल शामिल होते हैं। अनगिनत रुपए। काफी समय। शोध के विषय भी अच्छे-अच्छे। जैसे—आदिवासी, गरीब किसान, खेत मजदूर, कलाप्रेमी, ग्रामीण काश्तकार, लोक कलाकारों का जीवन और कार्य। हिंसा की राजनीति में इनकी गहरी दिलचस्पी है। मगर चूँकि मगज में उपनिवेश की खूँटी गड़ी है, इसीलिए रिसर्च की थीसिस तथा निबन्धों में संग्रामी भारत, शोषित भारत, मेहनतकश भारत के प्रति हमदर्दी के घड़ियाली आँसुओं के पीछे मकसद दूसरा रहता है। भारी-भरकम बात, आँकड़ों की सारणी आदि का जोड़-घटा खतरनाक है। इस जोड़-घटा का वाणीरूप ऐसा है, 'हे भारतीय इनसान, कभी भी अपना अधिकार माँगने के लिए हथियार मत उठाना। कभी भी वर्णाश्रम पर आधारित प्राचीन समाज व्यवस्था को उलटने की चाह न करना। जोतदार के हाथ में बेनामी जमीन रहने दो। कृषि में तुम पिछड़े हुए हो। उन्नत तरीके से खेती नहीं कर रहे हो, इसीलिए पिछड़े हो। उद्योगपति मुनाफा लूटते जाएँ। मजदूरों के लिए उन्नत उत्पादन यन्त्र चाहिए।' ऐसी तमाम थीसिसों में भारत के कृषि तथा उद्योग क्षेत्रों में, जहाँ अभी लाखों-करोड़ों इनसान दोनों हाथों से मेहनत करके किसी तरह जीवित रहते हैं, उन तमाम क्षेत्रों में यन्त्र पर निर्भरता लाने की बात कही जाती है। इसके फलस्वरूप लाखों-करोड़ों भूखे लोग बेकार हो जाएँगे, यह नहीं कहा जाता। इस भारत में, भारतीय दिमाग को खरीदकर उसमें इस तरह के चिन्तन का बीज दूसरी विदेशी ताकत भी बोती है। पहले दल की ताकत बहुत ज्यादा है। वे लोग काफी चालाकी से काम करते हैं—चुपचाप। बहुत सालों की

कोशिश से शिक्षा तथा संस्कृति की दुनिया में उनके खरीदे शेयर ही अधिक हैं। देश-भर में योजनाओं, शिक्षा और संस्कृति की दुनिया में, सभी जगह उन्हीं के लोग हैं। इन तमाम लोगों के पौ-बारह हैं। प्रतिद्वन्द्वी खेमे के पीले रुपए भी वे लेते हैं। वे अमरीका की तरफ भी दौड़ते हैं। एक ही व्यक्ति, एक ही संस्था या एक ही प्रकाशन या एक ही पत्र लाल-पीले रुपए एक साथ पीटता है, ऐसे उदाहरण भी आज बहुत हैं।

द्वैपायन इन तमाम बुद्धिजीवियों में भी कुलीन है। हमेशा से कम्युनिस्ट है। बीच-बीच में आदिवासियों के बारे में भी निबन्ध फेंकता है। पता चला है कि निबन्ध लिखने के लिए यूरोप के विभिन्न देश उसे रुपए देते हैं। ऐसी बहुत-सी बातें सुविज्ञ जनता को पता नहीं है, इसीलिए किसी ने पूछा नहीं। यह तमाम रुपए वाकई कौन दे रहा है, किसी ने सवाल नहीं उठाया। इटली, बेल्जियम या हॉलैंड या पश्चिमी जर्मनी या नार्वे या स्वीडन भारत के उराँव, मिकिर हो, नागेशिया, कोलता के बारे में निबन्ध लिखाने के लिए इतने उत्साहित क्यों हैं?

द्वैपायन सन्थालों से, एक खास ढंग के सन्थालों से, साक्षात्कार करने के लिए जागुला आया है। उद्देश्य दूर तक फैला हुआ है। 1968 और 1969 में वह जब पश्चिमी बंगाल आया था, उस समय कलकत्ता के बाहर एक विश्वविद्यालय में बैठकर अगाध विदेशी रुपयों से सन्थाल ग्रामीण समाज में ब्याह तथा विवाहित जीवन के बारे में, व्यक्ति तथा समाज के दृष्टिकोण के बारे में एक गूढ़ समीक्षा चला रहा था। उसका प्रतिपाद्य विषय था, सन्थाल समाज में ब्याह की अब वह पवित्रता नहीं रही। मगर समय खराब था। सन्थालों के गाँव-गाँव में उस समय दूसरा ही स्पन्दन चल रहा था, मादलों की ध्वनि में दूसरी ही धुन थी। द्वैपायन सन्थालों का एक ब्याह देखने गए। उत्सव में नाच-गाना और लड़ाकू मिजाज देखकर उसे अचम्भा हुआ। उसे अचम्भे में डालते हुए एक बूढ़े सन्थाल ने कहा, "फलाने जोतदार का सिर हमने उड़ा दिया है, इसीलिए हम खुशियाँ मना रहे हैं।"

द्वैपायन जल्दी से भाग आया। लौटते ही उसे एक गुमनाम चिट्ठी मिली। सन्थाल समाज के बारे में जो कुत्सित प्रचार वह चला रहा है, उसे बन्द करके तुरन्त यहाँ से चला जाए वरना उसका बंटाधार कर दिया जाएगा।

विश्वविद्यालय अधिकारियों ने भरोसा दिलाया, मगर द्वैपायन को भरोसा नहीं हुआ। वह यहाँ से कन्नी काट कर अपने राजनीतिक दल के पत्र को मदद देने के लिए दिल्ली चला गया। बीरभूम के नक्सलों का दोस्त बनने का स्वाँग रचकर आन्ध्र के नक्सल दमन के खिलाफ काफी हल्ला मचाया। सन्थाल समाज में

विवाहित जीवन अभी भी अस्त-व्यस्त है, उनका समाज मूल्यबोधहीन है, यह काम अधूरा रह गया।

इतने जमाने के बाद फिर वह अपने पुराने कर्मक्षेत्र में वापस आया है। खास उद्देश्य से। इस बार उसका थीसिस है—वह प्रमाणित करेगा कि आदिवासियों में सन्थाल लोग सबसे कायर हैं, कम लड़ाकू हैं, व्यवस्था उन्हें बहुत आसानी से तथा सस्ते में खरीद सकती है। इनकी तुलना में मुण्डा या नागा या दूसरी आदिवासी उपजातियाँ बहुत ज्यादा लड़ाकू हैं।

बाघ के ऊपर टाग रहता है, तिमि के ऊपर तिमिंगिल, घोड़े के ऊपर घोड़ारू। द्वैपायन के ऊपर रहता है, सानी वज्रपाणि। पुराने साम्यवादी हैं। सफेद बाल, मजबूत काठी। लम्बे अर्से से दिल्ली में एक महँगी संस्था के संचालक हैं। उनका घर, दफ्तर तथा गाड़ी सभी वातानुकूलित हैं। चौदह साल हो गए कि मोटे शीशे की दीवार के इस पार आकर सानी ने अपने बदन पर धूप-बारिश नहीं झेली। सूरज का उगना और डूबना, चाँद का उदय-अस्त, आँधी-बारिश, सूखा, जंगल, पेड़-पौधे, बच्चों की हँसी, सुनहली गेहूँ की बालियाँ ढोते हुए उत्तर प्रदेश का किसान, पश्चिमी बंगाल की भरी बारिश में आऊश धान की शोभा, खानों में मजदूर, जली हुई झोंपड़ी के सामने वेदना से मूक सद्यविधवा हरिजन रमणी जैसे जरूरी दृश्य सानी वज्रपाणि फिल्मों में ही देख लेते हैं। अखबार पढ़ने की उन्हें फुरसत नहीं मिलती। टेलीविजन का समाचार ही उनका भरोसा है। रंगीन टेलीविजन भारत की जनता की मौजूदा आर्थिक हालत में उनके लिए सबसे जरूरी चीज है। क्योंकि, इस विषय पर उन्होंने एक समीक्षा की है।

सानी वज्रपाणि द्वैपायन का मस्तिष्क नियन्त्रित करता है। सानी द्वारा संचालित संस्था के मातहत और भी अनेक संस्थाएँ हैं। हर संस्था के बारे में सानी का खुला आदेश है, 'संस्था चलाने के काम में हमेशा उग्र वामपन्थ के समर्थक बुद्धिजीवी लड़कों को लेना है। खुली मदद देकर राजधानी में निष्क्रिय बिठाकर, आलतू-फालतू काम में पाँच साल तक फँसाए रखो, उनकी खतरनाक मानसिकता छँट जाएगी।' द्वैपायन जैसे विश्वसनीय व्यक्ति कभी भी सीधे-सीधे इन तमाम संस्थाओं में नहीं रहते। वे सब इधर-उधर देश के विभिन्न विश्वविद्यालयों में, कॉलेजों में, लिखने-पढ़ने की दुनिया में फैले रहते हैं और अजीबो-गरीब फाउंडेशनों की मदद से विचित्र किस्म के विषयों पर रिसर्च करते हैं।

सानी ने द्वैपायन से कहा था, "देखा?"

"क्या देखूँ?"

"पश्चिमी बंगाल सरकार धूमधाम से सन्थाल विद्रोह की एक सौ पच्चीसवीं

वर्षगाँठ मना रही है, तरह-तरह से सन्थालों को मदद दे रही है।''

''देखा है।''

''यही तो मौका है।''

''किस बात का?''

''यह सब कुछ भी नहीं है, कुछ भी नहीं। सन्थाल लाखों-लाख हैं। सरकारी मदद से चन्द लोगों को फायदा पहुँचेगा। बाकी सभी जिस अँधेरे में पड़े हैं, उसी अँधेरे में पड़े रहेंगे। मगर यही मौका है।''

''किस बात का, सानी?''

''एक बात मुझे लग रही है। सन्थालों को ऊपर उठाने में पश्चिमी बंगाल की दूसरी आदिवासी जातियों की उपेक्षा हो रही है। उन्हें इसके बारे में सचेत करना जरूरी है ताकि आदिवासियों में विरोध उठ खड़ा हो। आदिवासी समाजों में एकता है, उसे तोड़ना चाहिए। दूसरे आदिवासियों को समझाना चाहिए, 'देखो, सरकार तुम लोगों के लिए कुछ कर नहीं रही है। जितनी सुविधाएँ हैं, सब सन्थालों को दे रही है।' यह काम करने के लिए विभिन्न आदिवासी इलाकों में किस्म-किस्म के आदमियों की जरूरत है।''

''मैंने पहले इतना नहीं समझा था।''

''कुछ भी हो, पश्चिमी बंगाल राजनीतिक रूप से बहुत ही जागरूक है। वहाँ सन्थाल लोग वास्तव में एक ताकत हैं। आज अगर वे स्वाधिकार के बारे में सजग हों, दूसरे आदिवासी समाज उन्हें देख आगे आ सकते हैं। नहीं, नहीं। दुनिया के मजदूर एक हो सकते हैं। भारत के आदिवासियों का एक होना बहुत ही खतरनाक बात होगी।''

''सच।''

''एक बहुत ही अच्छी बात हो रही है। सन्थालों को नौकरी-चाकरी दी जा रही है। जिन्हें नौकरी दी जा रही है, हम उम्मीद कर सकते हैं कि उनका वर्ग बदलेगा। शिक्षा और नौकरी का मौका पाकर वे लोग वर्ग-आधार पर दूसरे समाज में चले जाएँगे। अपने समाज की उन्नति की बात नहीं सोचेंगे।''

''अगर सोचें तो?''

''इसका इन्तजाम भी करना पड़ेगा। अरे, कुछ आदिवासी अफसर बनें, मन्त्री बनें तो उससे क्या उनके समाज का भला होगा?''

''आपने ठीक कहा है।''

''सन्थालों से दूसरे आदिवासियों का सम्पर्क बिगाड़ना जरूरी है। वह काम दूसरे लोग करें। तुम दूसरा काम करो।''

''क्या?''

''तुम प्रमाणित करो कि सन्थाल लोग कतई लड़ाकू नहीं हैं। दूसरे आदिवासी लोग उनसे ज्यादा लड़ाकू हैं। सन्थाल समाज क्या तमाम आदिवासी समाज से ईमानदारी, निश्छलता तथा लड़ाकू स्वभाव के लिए विशिष्ट है? तुम प्रमाणित करोगे कि वे लोग कमजोर हैं, उनकी रीढ़ की हड्डी नहीं है। उच्चशिक्षा या नौकरी का लोभ दिखाकर उन्हें खरीदा जा सकता है।''

''उससे क्या होगा?''

''फूट डाली जाएगी। भारतीय आदिवासी समाज चूँकि सबसे अधिक पीड़ित और शोषित है, इसीलिए उनमें एका नहीं, फूट चाहिए। खेतिहर जनता का एका भयंकर है। सत्तर के दशक की नसीहत भूल जाने से कैसे चलेगा?''

द्वैपायन के लिए सारी व्यवस्था कर दी गई। वह चुपचाप अपना काम चलाने लगा। लड़ाकू सन्थालों के साथ उसका साक्षात्कार इसीलिए जरूरी है। जिस विश्वविद्यालय में वह है, वहाँ के देहाती सन्थालों में वह जाना नहीं चाहता।

इसी प्रसंग में कलकत्ते में बैठ, एक पत्रकार मित्र से उसने एक विचित्र कहानी सुनी। जागुला शहर के अगल-बगल के गाँवों में बसाई टुडु नाम का एक सन्थाल लम्बे अर्से तक प्रशासन के साथ लड़ा है। पाँच बार आमने-सामने की मुठभेड़ में 'बसाई टुडु मृत' घोषित किया गया है।

''पाँच बार?''

''यह तो किस्सा-कहानी का मामला हो गया। असल में बाद में पता चला कि पहली बार कोई और सन्थाल मारा गया था। उसे 'बसाई' कहकर शिनाख्त किया गया।''

''क्यों?''

''मुँह लगभग नहीं था। चेहरा तथा काठी में समानता तो थी ही। इसी से गलती की शुरुआत हुई। असल में बसाई उस समय भाग गया था। उसके बाद रामेश्वर नाम के एक प्रबल शक्तिमान जोतदार के साथ लड़ते हुए असली बसाई मारा गया। तब तक 'बसाई' उनके योद्धाओं के लिए निहायत जरूरी हो गया था। उसके बाद बाकुली गाँव में एक और सन्थाल ने 'बसाई टुडु' नाम से नेतृत्व दिया तथा मारा गया। समझे कुछ? 'बसाई टुडु' नाम इतना महत्त्वपूर्ण है कि उस नाम को बचाकर चलना पड़ेगा। चौथी बार कदमखुआँ गाँव में एक युवा सन्थाल ने 'बसाई टुडु' नाम से नेतृत्व दिया और मारा गया। पाँचवीं बार पियासोल गाँव के कुख्यात जोतदार को मारते वक्त एक बीस साल का लड़का 'बसाई टुडु' नाम से नेतृत्व कर रहा था। वह घायल हुआ और जंगल में आकर मरा।''

"उसके बाद?"

"उसके बाद काफी दिनों से बसाई का नाम सुनाई नहीं पड़ा, हालाँकि अभी हालत भी दूसरी है। काली साँतरा नहीं है। वह रहता तो तुम्हें सब-कुछ बता सकता था।"

"काली साँतरा कौन था?"

"जागुला का सी.पी.एम. कार्यकर्ता। 'जिला वार्ता' नाम से अखबार निकालता था। बसाई को जानता था।"

"ऑपरेशन बसाई टुडु' के पाँचवें चरण में काली साँतरा छिपकर खुद बसाई को देखने गया था। उसके बाद से उसका कोई अता-पता नहीं है। जहाँ तक लगता है, उसे मार डाला गया। मगर उस बात को सरकारी स्वीकृति नहीं मिली। क्यों नहीं मिली, यह नहीं कह सकता।"

"ताज्जुब की बात है!"

"तुम अचानक लड़ाकू सन्थाल किसानों को लेकर इतिहास क्यों लिख रहे हो? या कि कोई दूसरा धन्धा कर रहे हो! मुझे चकमा दे रहे हो? तुम तो भैया, गहरे पानी की मछली हो। क्या करते हो और क्या नहीं करते हो, कुछ पता नहीं। हमेशा विदेश जाते रहते हो। मास्को जाने पर समझते, पर तुम तो हर जगह जाते हो। तुमने राजनीति से खासा कैरियर बना लिया है। यह पता होता तो राजनीति करता।"

"क्या कहते हो? राजनीति के साथ कैरियर का भला क्या सम्बन्ध? पत्रकार बनकर तुम लोग क्या बुरे हो?"

"राजनीति, यानी तुम लोगों की राजनीति आज कैरियर है, भैया। कैडर लोग खटकर मरते हैं और तुम लोग मजे लूटते हो। और पत्रकार के तौर पर? हर अखबार में आँख की पुतली बने दो-एक हीरो-कट पत्रकार रहते हैं। हम सभी ऐरू-गैरू हैं। रुपए-पैसे सबको नहीं मिलते।"

"तो कह रहे हो, जागुला जाऊँ?"

"जाओ न।"

"एम.एल.ए. कौन है?"

"दफ्तर में आओ, बता दूँगा।"

"बसाई टुडु के इस मामले के बारे में कैसे पता चला?"

"वह मत पूछो। मगर पता चल जाता है।"

इसके बाद ही द्वैपायन सरकार जागुला आया। सामन्त के कहने पर रामेश्वर भुईयाँ ने जागुला का 'भुईयाँ भवन' खोल दिया। 'भुईयाँ भवन' के बारे में रामेश्वर

ने कहा, ''मकान आपका है। जितने दिन जी चाहे, रहिए। मगर फोटुओं को मत हिलाइएगा।''

गांधी, राजेन्द्र प्रसाद, जवाहरलाल, इंदिरा गांधी—सबकी तसवीरों की बगल में खल्वाट तथा बलिष्ठ चेहरे के एक हँसमुख इनसान की तसवीर। रामेश्वर ने कहा, ''हाँ! हम लोगों के अतुल ने लेनिन का फोटो बनाया है। ले लिया एक ठो। इन लोगों के गद्दी छूटने पर उतार दूँगा। कुछ समझ रहे हैं? रहेंगे या जाएँगे?''

''जाएँगे क्यों?''

''कहिए, वही कहिए। सामन्त हम लोगों का लीडर है। कैसा भाषण देता है! आपने कभी सुना? हम लोग भी मजे में हैं। हाँ, यह नहीं तो भला लीडर कैसा! यह कोई काली साँतरा है कि फटी चप्पल और मोटी धोती पहने किसानों के घर का चक्कर लगाएगा? मेरा आदमी आपका खाना-वाना पका देगा। चावल-दाल-चीनी-तेल-चाय सब है। रामेश्वर को रखना पड़ता है। कच्चा सौदा आप ले आइएगा।''

''आप कहाँ रहते हैं?''

''काँकड़ासोल। भुईयाँ राजाओं के वंश के हैं हम। देहात में ही रहते हैं। जागुला में मन नहीं रमता। बस-सर्विस, जीप-गैरेज का काम कर्मचारी लोग ही देखते हैं। आइए किसी दिन।''

रामेश्वर चला जाता है। तभी से द्वैपायन यहाँ है। 'जिला वार्ता' अखबार की पुरानी फाइल से सन्थालों की अतीत की कहानी का उद्धार करते समय मातो डोम ने ही उसे देखा था।

सामन्त ने उससे कहा, ''इन्द्र प्रामाणिक आपको चरसा ले जाएगा।''

''हाँ, चरसा को लेकर उस समय काफी हंगामा हुआ था।''

''क्यों?''

''क्यों का मतलब?''

द्वैपायन के होंठों पर हलकी विद्रूप-भरी हँसी खिल उठी। उसकी राय में चुने हुए प्रतिनिधि निहायत ही जाहिल हैं। अशिक्षित। उसके बाद बात को जमाते हुए कहने लगा, ''एक ही तरह की अर्थव्यवस्था तथा जन-विन्यास वाले पाँच गाँवों में से चार गाँवों में कुछ नहीं पनपा, एक गाँव में पनपा। ऐसा क्यों हुआ? क्यों होता है ऐसा?''

''अँ!'' सामन्त ने गहरी वितृष्णा से विरोधी कम्युनिस्ट दल के इस बुद्धिजीवी की ओर देखा और मन-ही-मन सोचने लगा कि साले जितने बुद्धिजीवी हैं, वे उनके

खेमे में हैं और जितने कार्यकर्ता हैं, वे हमारे खेमे में हैं। इसीलिए इन तमाम बकरों को बरदाश्त करना पड़ रहा है। उसके बाद सूखी आवाज में बोला, ''गाँव में क्यों गड़बड़ी होती है, नहीं जानते? गाँव के बारे में लिख रहे हैं। जमीन को लेकर, जमीन पर कब्जे को लेकर गड़बड़ी होती है। नहीं जानते क्या?''

''वह तो सभी को पता है।''

''फिर क्या जानना चाहते हैं?''

''लड़ाकू गाँव जब लड़ाई नहीं करता वह अवश्य ही चोरी, सीनाजोरी, छिनताई करता है?''

''नहीं जनाब। इन तमाम कामों में हम शरीफ लोग भी कम नहीं हैं। वह तो अपराध है। जमीन के लिए लड़ाई भी क्या वही है?''

''खैर, वहाँ की क्या हालत है?''

सामन्त ने उसे एक मैप दिखाया। मोटी उँगली से बताते हुए कहने लगा, ''ये तमाम उस समय के लड़ाकू गाँव हैं।''

''इतने?''

''हाँ। इस बार चार साल के अन्दर हम लोग इलाके को तोड़-तोड़कर कई थानों के मातहत ले आए हैं। हाई-वे बन रहा है। हाई-वे जब इस इलाके के बीच से जाएगा तो बहुत सारे जंगल कट जाएँगे। यहाँ बाँध बनेगा। यहाँ से नाले निकाले जाएँगे। चरसा नदी का उद्दाम वेग घट जाएगा।''

''इससे इलाके की तरक्की होगी?''

''होगी। और यह इलाका बाकी से कटा तो नहीं रहेगा। इलाके का कटा होना ही सशस्त्र आन्दोलन में सहायक होता है।''

''यह एक वजह हो सकती है।''

''मेरी राय में यही मुख्य कारण है।''

''जमीन का सवाल ज्यों-का-त्यों बनाए रखकर, अलग से एक जगह को शहरी इलाके से जोड़ देने पर समस्या का समाधान नहीं होता। कोई भी अच्छी किताब पढ़िए, सभी यही बताती हैं।''

''सभी समस्याओं का समाधान कभी होता है भला?''

''इन तमाम जगहों पर क्यों जा रहा हूँ?''

''आप इन तमाम जगहों पर जा रहे हैं, इन तमाम लोगों के साथ मिल रहे हैं। ये लोग सन्थाल हैं। नहीं, चरसा–पलताकुड़ि–कदमखुआँ–पियासोल–बाकुली नहीं जा रहे हैं। ठीक इन गाँवों में जा रहे हैं, इन लोगों के साथ मिल रहे हैं। इन्द्र को मैं सब बता रहा हूँ।''

"जैसा आप कहें।"

"इन्द्र लड़का सोने का है। लड़ाकू।" कहकर सामन्त को लगा, बात पूरी तरह नहीं कही गई। इसीलिए व्याख्या के तौर पर कहने लगा, "उसके दाहिनी बाजू की मछली देखिएगा। देखने की चीज है। ऐसी चीज नहीं देखी होगी।"

"क्यों? मछली क्यों देखूँ?"

"कहीं विरोधी मजदूर संगठन के साथ लड़ाई में उसे छर्रा लगा था। इन्द्र ने सिर्फ अपने हाथ से बाजू की मछली से छर्रा निकाला था। अभी तक दाग है।"

"अरे बाप रे!"

"डरने की क्या बात है? उसका चेहरा देख, मत घबराइएगा। इन्द्र का चेहरा खासा भारी-भरकम है।"

"देहाती कार्यकर्ता?"

सामन्त की आँखों में बेचैनी के बादल तैर आते हैं। गला सूख जाता है, "हाँ।"

"मजदूर संगठन का कार्यकर्ता था?"

"गाँव चला आया है।"

"कब आएगा?"

"समाचार भेज दिया है। आएगा।"

मन-ही-मन सामन्त ने इन्द्र को गाली दी। कई दिन पहले उसने इन्द्र को खबर भिजवाई थी। "आ रहा हूँ," का सन्देशा भिजवाकर चार दिन से इन्द्र लापता है। सामन्त ने तय किया, इस बार वह कलकत्ते लौटेगा, मगर बीच-बीच में इन्द्र कहाँ लापता हो जाता है, यह पता करना होगा। ऐसा चार बार हो चुका है। सन्थाल विद्रोह की एक सौ पच्चीसवीं वर्षगाँठ के अवसर पर सरकारी उत्सव के इन्तजाम में इन्द्र ने जरा भी सिर नहीं खपाया।

सोचने की बात है। काली साँतरा के मामले में पुलिस की हठधर्मिता की वजह से सामन्त के जागुला साम्राज्य में इतना बिखराव आया है। 'ऑपरेशन बसाई टुडु' में काली को क्यों मारा गया? काली के बारे में सारे शहर और गाँवों में सरकारी चुप्पी क्यों? काली के लापता होने के समाचार पर किसी ने विश्वास क्यों नहीं किया? गहरी, बहुत गहरी बेचैनी।

इन्द्र प्रामाणिक की उम्र अभी तीस है। देखने पर अधिक लग सकता है या कम भी। निहायत ही लम्बा-चौड़ा गठीला बदन, मजबूत चेहरा, रंग बहुत ही काला।

काफी कम-उम्र में ही रिक्शा यूनियन से पार्टी में आया था। राजनीतिक पाठ का श्रीगणेश काली साँतरा ने किया था। हिम्मती तथा ईमानदार लड़के के रूप में सभी उससे परिचित थे। सामन्त उसे शिवराम पेपरमिल में रज्जाक के सहयोगी के तौर पर मजदूर यूनियन में काम करने के लिए हावड़ा ले गया। काम आसान नहीं था। मालिक की मदद से चलनेवाली विरोधी यूनियन ने मजदूरों की ठेकेदारी प्रथा चालू करके पुरानी यूनियन को तोड़ देने की कोशिश की थी।

इन्द्र के अनथक प्रयास तथा मेहनत से अनेक संघर्ष हुए। संघर्षों के बीच उसकी यूनियन विजयी हुई। अन्त में, पचहत्तर में इन्द्र का सफाया कर देने का निर्णय लिया गया। किराए के गुण्डों के साथ पाइपगन युद्ध में इन्द्र वाकई अपनी बाजू की मछली दबाकर छर्रा निकालते हुए बेधड़क आगे बढ़ा था। दृश्य डरावना था। प्रतिपक्ष को इन्द्र अरण्यदेव जैसा लगा और उन्होंने रण छोड़ दिया। उन्हें जख्मी बनाने की वजह से इन्द्र उसके बाद गिरफ्तार हुआ।

सतहत्तर में जेल से निकलने के बाद वह हावड़ा और कलकत्ता शहर में ही था। मगर यूनियन में उस समय के कार्यकर्ताओं का मालिकों के साथ बढ़ता हुआ मेलजोल देख इन्द्र घबरा गया। कुछ दिनों तक घूम-फिरकर उसने वातावरण का जायजा लेने की कोशिश की। उसके बाद देखा कि अगर वह चाहे तो अच्छे मकान में, अच्छी तरह रह सकता है। लेबर यूनियन के अधिकारियों की हालत अब खासी अच्छी है। रज्जाक को उसने कहा, "उस सूरत में मजदूरों के साथ एक वर्ग में नहीं रह रहा हूँ?"

इसके जवाब में रज्जाक ने उसे तरह-तरह से समझाया। इन्द्र ने जब देखा कि ठेकेदारी प्रथा आंशिक रूप से मान ली गई है, उस दिन जिन लोगों ने उसे मारने के लिए गुण्डे लगाए थे, वे लोग भी दादागिरी कर रहे हैं, तो वह और भी चिढ़ गया।

लेबर यूनियन के हामिद ने दुखी होकर कहा, "फिलम पलट गया है, गुरु। सब ने भाग-बँटवारा कर लिया। सभी फ्रंट में यही बन्दोबस्त आ गया है। यह क्या हुआ?"

इन्द्र ने पार्टी स्तर पर यह सवाल उठाया। कोई सन्तोषजनक उत्तर नहीं मिला। विभिन्न स्तरों पर सच्चे कैडरों में नेताओं की समझौतापरस्त कार्यनीति के खिलाफ असन्तोष देखा गया। उसे गहरा धक्का लगा। उसे लगा कि कलकत्ता ही सब-कुछ का केन्द्र है। यहाँ प्रलोभन ज्यादा हैं। इसी से क्या सब-कुछ ऐसा लग रहा है?

पार्टी के प्रति उसकी पूर्ण आस्था थी। फिर भी उसे यह स्वीकार करने के

लिए मजबूर होना पड़ा कि प्रशासनिक ढाँचे में कुछ भी नहीं बदला है। बेरोकटोक घूस चल रही है। कीमतों में बढ़ोतरी रोकने, बिजली संकट का समाधान करने की दिशा में कोई प्रयास नहीं किया जा रहा है। सिर्फ बातें, बातें और बातें। इन्द्र ने निर्णय लिया और सामन्त से कहा, "मैं गाँव में काम करूँगा?"

सामन्त ने कहा, "अच्छा, बहुत अच्छा।"

जागुला के बारे में जानकारी लेते समय इन्द्र ने सामन्त की जुबानी बसाई और काली की बातें सुनीं। 'काली लापता है'—इस बात ने उस समय उसके दिमाग पर कोई गहरा निशान नहीं छोड़ा। लम्बे अरसे से वह जागुला से कटा हुआ है। सिर्फ बीच-बीच में जाता था।

सामन्त ने कहा, "चरसा गाँव को केन्द्र बनाओ। बहुत-सी अप्रिय घटनाओं की जगह है वह। अब एक स्वस्थ राजनीति-बोध पैदा करना चाहिए।"

"जाऊँगा।"

"कठिन काम है, इन्द्र।"

"शहर के बाद गाँव?"

"हाँ।"

"देख रहा हूँ कि शहर में तो एक स्तर पर सब-कुछ लेन-देन चल रहा है।"

"वह तमाम प्रचार है, गलत प्रचार।"

"नहीं। सारा गलत प्रचार नहीं है। जरा देखकर ही इसे समझ लिया है।"

"सारा समझ लिया है?"

"मैं पार्टी का काम करने आया हूँ, सामन्त-दा, काम करूँगा। हावड़ा में मजदूर इलाके में काम करने का अनुभव नहीं था, हुआ। मैं कभी गाँव का लड़का था। काँकड़ासोल गाँव में हम लोगों का मकान था।"

"तुम्हारा बाप ललित प्रामाणिक जागुला आया था। जमाना हो गया। दुकान खोलने की बात भी मुझे याद है।"

"मुझे याद नहीं है। गाँव की जमीन-जायदाद शिवेश्वर भुईयाँ ने ले ली। मैंने सिर्फ मकान देखा था। जागुला आकर पिताजी की सैलून खोलने की बात मुझे याद नहीं। पिताजी के मरने के बाद हम लोग काँकड़ासोल वापस गए थे। घर पर चाचा थे। हम लोग भी वहीं रहे। उसके बाद फिर जागुला।"

"शिवेश्वर भुईयाँ वैसा ही था।"

"रामेश्वर तो बाप से भी ज्यादा बदमाश है।"

"पहले था।"

"अब नहीं है?"

सामन्त थोड़ी देर चुप रहा। फिर हँसकर बोला, ''नहीं, नहीं। उसने भी समझ लिया है कि हम लोगों की खुशामद करते हुए चलना पड़ेगा।''

''ऐसा है? या बहुत बड़े जोतदार रामेश्वर की खुशामद हम लोग कर रहे हैं? आप नाराज मत होइए। जाने से पहले कुछ बातें साफ-साफ जानना चाहता हूँ।''

''तुम ऑपरेशन-बर्गा के बारे में नहीं जानते?''

''किसने कहा? पढ़कर जितना पता चल सकता है, जाना है। रामेश्वर के पास तो बेइन्तहा जमीन है। वह जमीन सरकार का खास हुआ है? बर्गा रेकॉर्ड हुआ है? ऑपरेशन-बर्गा में?''

''होगा, अवश्य होगा।''

इन्द्र को लगा था कि नहीं होगा। उसने समझा था कि गाँव के स्तर पर सरकार की एक ही नीति है। उसके मन में भटकाव आने लगा है।

''मैं चरसा जाऊँगा। चरसा कितना बड़ा गाँव है? किस-किसने बेनामी में अधिक जमीन दबा रखी है? किसके पास जमीन नहीं है? जमीन-जायदाद बाकुली के सूर्य साऊओं के पास भी बहुत है। सूर्य साऊ मारा गया है न? उसके भाई रोतोनि साऊ मालिक हैं? गरीब गाँव! चार प्रतिशत बर्गा करते हैं, बाकी सारे खेत-मजदूर वहाँ क्यों जा रहे हैं?''

''खेत-मजदूरों का फ्रंट खड़ा करने और दिलीप सोरेन का प्रभाव मिटाने के लिए। दिलीप का प्रभाव अच्छा नहीं है।''

''क्या कर रहा है?''

''कुछ नहीं कर रहा है, यही तो समस्या है। शिक्षित लड़का है, माध्यमिक पास है। पुलिस में उसकी नौकरी हो जाती। चरसा में एक जमाने में बहुत हंगामा हुआ है। वह बेतुल का लड़का उद्धव के साथ जा मिला है। अच्छे बर्ताव का तो यही नतीजा है।

''उद्धव एक जमाने में बसाई के दल में रहा है। वह भूमिगत रहा। बेतुल के मर जाने के इतने दिनों बाद वह लौटा है। ताराचाँद भुईयाँ ने उन्हें सदर गाँव से उजाड़ दिया। उद्धव ने सबको चरसा में टिकाया है। उसे तो नहीं पकड़वाया, किसी केस में नहीं फँसाया।''

''बेतुल कौन है? उद्धव कौन है?''

''सभी विरोधी पक्ष के हैं।''

''उसके बाद?''

''दिलीप और उद्धव मिलकर झमेला खड़ा कर सकते हैं। धान-कटाई,

खेत-मजदूरी—हजारों झमेले हैं।''

''चरसा मैं रह जाऊँ, खेत-मजदूर दल बनाऊँ। अच्छी बात है। मजदूरी देते समय किसका पक्ष लूँ?''

''निश्चय ही खेत-मजदूरों का।''

''जानकारी ले रहा हूँ। मेरी जानी हुई पार्टी-लाइन अब दूसरी तरह की बनती जा रही है न?''

''पर हंगामा मत करना। मालिक अगर कम देने के लिए बहुत जिद करे...।''

''तो उसे ठीक करूँ...?''

''नहीं, नहीं, हंगामा नहीं। उस समय कह-सुनकर आपसी समझौता ठीक रहेगा। नक्सलियों की तरह उग्रता मत अपनाना।''

''उचित मजदूरी का आन्दोलन करके हासिल करा दूँगा, कहने पर नक्सल हो गया?''

''अरे, गुस्सा क्यों करते हो?''

''मैं चला जाऊँ।''

''तुम्हारे घर पर कौन-कौन है?''

''कैडरों के बारे में इतनी जल्दी क्यों भूल जाते हो? माँ नहीं है। एक भाई है। चित्तरंजन में काम करता है।''

''राजनीति करता है?''

''नहीं। परिवार पालता है।'

''परिवार को राजनीतिक बनाना पड़ता है।''

''क्या बात कह रहे हैं! आपके बैठके में बातचीत कर रहा हूँ। भीतर साँईं बाबा का गाना चल रहा है। सुन रहा हूँ। ज्यादा जुबान क्यों खुलवाते हैं? यह क्या राजनीतिक परिवार है?''

''सब अपनी-अपनी राह पर चलते हैं, इन्द्र...तुम चलो।''

इसके बाद जैसे कोई जरूरी काम भूल गया हो, इन्द्र को बुलाया और कुछ देर खड़ा रखकर सामन्त ने पूछा, ''कलकत्ते में नक्सली हंगामे के वक्त तुम वहीं थे न?''

''हाँ।''

''तुम्हारे यहाँ कोई गड़बड़ी नहीं हुई?''

''नहीं।''

''क्या कुछ सुना था? हाँ, मनिरूल कौन है?''

इन्द्र का चेहरा बहुत ही भावहीन हो जाता है, छोटी-छोटी रोएँदार भौंहें सिकुड़ जाती हैं। "क्यों, बताइए तो?"

"वह तो नक्सल है, तुमने उसे...।"

"वह हमारे हनीफ का भाई है। इलेक्ट्रिक सप्लाई यूनियन में था। नक्सल। खदेड़े जाने पर उसने मजदूर बस्ती में पनाह ली थी। मैंने अकेले नहीं, हम सभी लोगों ने उस वक्त उनकी यूनियन के कुछ लड़कों को पनाह दी थी, बचाया था।"

"क्यों? यानी, तुम लोगों के ऐसा करने की वजह क्या थी? वे लोग हम लोगों को हजारों की तादाद में मार रहे थे।"

"वाकई?"

"यानी?" सामन्त मन-ही-मन जरा सजग हुआ।

"उन लोगों ने मारा, हम लोगों ने मारा। पुलिस ने मारा। किसी का हाथ उस समय साफ नहीं रहा। रहा क्या? हम लोगों का वैसा करने की वजह —वे लोग मजदूर थे, पुलिस द्वारा खदेड़े जा रहे थे। मजदूर होकर मजदूर को मारने पर या पुलिस को सुपुर्द करते तो, हमें कौन मानता? हमारे यहाँ पार्टी-पार्टी में, मजदूरों के बीच कोई तनाव नहीं था। मामला पुलिस बनाम मजदूर बन गया था।"

"इस क्षेत्र में नक्सल मजदूर हैं?"

"बेशक। इस तरह सात-आठ लोगों को पनाह दी थी। इलाके के गैर-मजदूर पार्टियों के लड़कों के हमला करने पर भी उन्हें मारने नहीं दिया। ख्याल है कि इसका नतीजा भी अच्छा निकला है। नौ साल में हमें आठ सच्चे कामरेड मिल गए हैं। वे लोग अब हमारे साथ हैं।"

"अच्छा, बहुत अच्छा।"

"आपकी कसौटी पर क्या मैं नक्सल उतरता हूँ?"

"नहीं। तुम ही कर पाओगे...।"

"क्या?"

"गाँव में स्वस्थ राजनीतिक वातावरण लाने का काम।"

इस आस्था के साथ इन्द्र चरसा आया। दिलीप सोरेन और उद्धव काउरा के बारे में उसे नवीनबाबू और मोतीबाबू नाम के प्रवीण कार्यकर्ताओं ने बार-बार आगाह किया। चरसा के बारे में इन्द्र ने विस्तार से जानकारी पानी चाही।

"क्यों? जानकार क्या होगा?"

बहुत ही संशय से इन्द्र ने दोनों सिद्ध कामरेडों की ओर देखा। चमकते हुए चेहरे, कलाई पर बँधी कीमती घड़ी और बहुत साफ अच्छे वस्त्र। हर जगह क्या बाढ़ का पानी फैला है? "कहा न, सभी कुछ जानना जरूरी है।"

“क्या जरूरत है? तुम बाहर के लड़के हो। इलाके के मामले नहीं समझोगे। जान भी लोगे तो क्या होगा?”

इन्द्र को अचानक बेइन्तहा गुस्सा आया। कहने लगा, “मैं बाहर का लड़का नहीं हूँ। ललित नाऊ मेरे पिता थे। जागुला में टीन के शेड में उनकी दुकान भी थी, सेलून। पिताजी के मर जाने के बाद कुछ दिनों तक माँ यहाँ की दुकानों पर लाही तलकर बेचती फिरती थी। ‘जान भी लोगे तो क्या होगा’ का क्या मतलब है?”

“तुम्हारी बातचीत बहुत रूखी है।”

“छोड़िए। हम लोगों ने साल-दर-साल रोटी-प्याज खाकर लेबर यूनियन खड़ी की है। अब बाप-ताऊ की तरह श्रद्धा-सम्मान माँग रहे हैं। पार्टी के पुराने आदमी होकर खोचर-दलाल की तरह मजा मारकर कीमती सिगरेट फूँक रहे हैं, शर्म नहीं आती? पार्टी की खूब भुनाई चल रही है?”

“अरे, अरे...!”

“हरेक बात का जवाब देना पड़ेगा। आप लोगों के पास आया हूँ तो इलाका छोड़कर नहीं जाऊँगा। बरसों में बने पार्टी के इमेज को आप जैसे लोग चन्द सालों में मिट्टी में मिलाए दे रहे हैं। किसान फ्रंट के सिद्ध कार्यकर्ता! जिला समिति के मंत्री! जिस गाँव में नक्सल आन्दोलन हुआ था और जहाँ मैं जा रहा हूँ, वहाँ का एक साफ चित्र मुझे चाहिए। और वह आप मुझे नहीं दे सकते। आप लोगों के पास जो जानकारी है, उससे तो कुछ समझ में नहीं आ रहा है।”

नवीनबाबू और मोतीबाबू ने एक-दूसरे की ओर देख साँस छोड़ी। कहा, “दीनू सबकुछ बता देगा।”

“दीनू कौन?”

“दीनू काउरा, हम लोगों के कैडर।”

“चरसा में रहता है?”

“नहीं। चरसा में हम लोगों की पैठ इतनी नहीं हो पाई है। इसी से ही उद्धव और सोरेन खूँटे जमाकर बैठे हैं।”

“दीनू काउरा!”

“हाँ, उद्धव का गोतिया है। मगर उद्धव जैसा नहीं है। क्लास नाइन तक पढ़ा है।”

दीनू को देखकर इन्द्र को लगा कि यह लड़का सच्चा है, शान्त है, कम बातचीत करता है। इन्द्र से उसने कहा, “काली बाबू के ‘जिला वार्ता’ की फाइल समिति के दफ्तर में बैठकर पढ़ लीजिए। काली बाबू घूम-घूमकर सारा समाचार

लाते थे। वहाँ सब-कुछ मिल जाएगा। वे गाँव-देहात की गूँज पकड़ते थे, सारी बातें लिखते थे। यह लोग वही पढ़ते हैं और वही कहते हैं।''

''काली साँतरा?''

''हाँ, बहुत माने हुए आदमी थे। कोई दंद-फरेब नहीं जानते थे। वह जागुला को जानते थे, समझते थे। गाँव-देहात को अच्छी तरह से जानते थे। वे कलकत्ता ही नहीं, किसी भी शहर में नहीं जाते थे। सादा आदमी थे। चलिए, ले चलूँ।''

''काली बाबू का क्या हुआ?''

दीनू चौंक पड़ा। डर से कहा, ''पता नहीं। थाने में फोटो लगी है। कहते हैं, उनका पता नहीं चल रहा है।''

'जिला वार्ता' अखबार की छपाई धुँधली है, हरफ टूटे हुए। फिर भी बहुत सारे समाचार उसमें होते थे। प्रवीण पार्टी-कार्यकर्ता अपने प्रयास और परिश्रम से अखबार को लगन से चलाते थे। समाचारपत्र को देखकर इन्द्र अचम्भे में रह गया। अखबार सोलह साल नियमित रूप से निकला है। नवीनबाबू ने भी कहा, ''काली असाधारण व्यक्ति था। एक दिन के लिए भी वह आदर्श से च्युत नहीं हुआ।''

इन्द्र ने दीनू के प्रति नवीनबाबू का बर्ताव देखा, जैसे चपरासी के प्रति मजिस्ट्रेट का बर्ताव। इस बात पर भी उसका ध्यान गया कि दीनू और नवीनबाबू ने काली साँतरा के प्रसंग में 'था' शब्द का इस्तेमाल किया है। ऐसा तभी होता है, जब मन-ही-मन निश्चित रूप से पता हो कि जिसके बारे में बात हो रही है, वह मृत है।

दीनू के साथ उसके रिक्शाचालक मौसा के घर मेलातले में इन्द्र दो दिन रहा। कमरा उन लोगों के लिए छोड़ मौसा बरामदे में ही सो गए। मौसी मैके गई हैं। दीनू यहाँ बहुत ही सहज और स्वच्छन्द है। इन्द्र को नवीन और दूसरे बाबुओं ने जो कुछ भी कहा, उन्होंने सब मन लगाकर सुना।

उसके बाद प्रश्न-भरी आँखों से पूछा, ''एक बात समझ में नहीं आई। आप समझाएँगे क्या?''

''क्या?''

दीनू का मौसा बरामदे के एक कोने में उन लोगों के लिए खाना बना रहा था। उसने दाल में तड़का दिया। मिर्च की धाँस। आलू की चच्चड़ी चढ़ाई। इन्द्र को खाना बनाना आता था। माँ बनाती थी। आलू, प्याज, नमक, हल्दी को जरा-से तेल में मिर्च के साथ डालकर भूनना होता है। दीनू का मौसा रसोई चढ़ाकर दबे स्वर में बेसुरा काली-कीर्तन गा रहा था। दीनू के प्रति उसका बर्ताव सम्मान-भरा

है। पढ़ा-लिखा लड़का है, पार्टी का लड़का है दीनू।

इन्द्र के मुँह से 'क्या' सुनकर दीनू के मौसा ने पुकारकर कहा, "वह काली बाबू की बात है न, बेतुल की बात? इतने समझदार हो, फिर भी यह क्यों नहीं समझ पा रहे हो बेटे, कि दोनों को मार दिया गया है! चौक-बाजार में सभी जानते हैं।"

दीनू ने ऊँचे स्वर में कहा, "ऐसा नहीं कह रहा हूँ।"

इन्द्र ने कहा, "क्या मामला है, बताओ तो?"

मौसा भीतर आ जाता है। कहने लगा, "वह नहीं कह सकेगा, बाबू, मैं बताता हूँ। काली बाबू को पुलिस ने मारा है। उसका तो किरियाकरम तक नहीं हुआ है। जंगल में से उसकी हड्डियों को चादर में बाँधकर दीनू का ताऊ बेतुल ला रहा था, उसे भी मार दिया। सुना कि बेतुल ने थाने पर हमला किया था। यह सब झूठी बातें हैं। सभी जानते हैं। फिर भी काली बाबू नहीं है, इसे स्वीकार नहीं कर रहे हैं। थाने में फोटो लटका रखा है। बेतुल की लाश हमें दी थी, झूठ नहीं कहूँगा। हम लोगों ने चन्दा उगाहकर काफी यत्न से उसे जलाया। हाँ, बड़े लड़के से श्राद्ध भी कराया। उद्धव बहुत दिनों के बाद आया था। आश्चर्य! उद्धव नक्सली है। उसे मार भी दो तो वह कुछ नहीं कहेगा। उसने कुछ भी नहीं कहा। वह गुमसुम बैठा रहा। एक दिन सबको लेकर चरसा चला गया। अब नहीं आता।"

"कहाँ चला गया?"

"सन्थाल समाज में घर बसा लिया।"

"चरसा के बारे में दीनू से पूछ रहा था।"

"वह क्या जानता है? रतन डोम आए तो बताएगा।"

"रतन डोम?"

दीनू ने जो कहा उसका मतलब है कि रतन डोम चरसा के निवासी हैं। निहायत ही फौजी मिजाज के आदमी। साल में कई महीने खेत-मजदूर बने रहते हैं, शेष समय बाँस की डलिया-टोकरी बुनकर गुजारा करते हैं। इसके अलावा पेट भरने के लिए चरसा के जंगल में मूल-कन्द इकट्ठा करते हैं, साही-खरगोश-गीदड़ पकड़ते हैं और उनका मांस खाते हैं। रतन का लड़का मातो इस शहर में रिक्शा चलाता है। नकद रुपए, रंगीन गंजी, सस्ते छोटे ट्रांजिस्टर के बदले में पुलिस की खोचरगिरी करता था मातो। न करने पर बेधड़क पिटाई। थाने का मिसिर शहर के रिक्शा-चालकों, दुकानदारों, गाँव से सौदा लानेवाले औरत-मर्दों—सबसे खोचरगिरी कराता था। रतन ने मातो को बेइन्तहा पीटा और गाँव से निकाल

दिया। मातो ने खोचर का काम करना बहुत दिनों से छोड़ दिया है। अब रतन बीच-बीच में लड़के से बातें करता है। जागुला में आने पर सभी यहीं उठते-बैठते हैं। दीनू का मौसा, रतन, बेतुल—सभी एक समय में काली-कीर्तन गाते थे। मधु डोम ने वह दल बनाया था।

"रतन चरसा में ही रहता है?"

"हाँ। और कहाँ?"

"तुम समझ नहीं पा रहे हो क्या?"

"चरसा में किसी समय में नक्सली बहुत सक्रिय थे। उसके अलावा बसाई टुडु का नाम आपने सुना होगा। उन्होंने जब पार्टी छोड़, बहुत-से गाँवों-देहातों के सन्थाल, खेत-मजदूरों को लेकर लड़ाई चलाई थी तो उस वक्त चरसा में सभी ने मदद की थी। उसकी वजह से पुलिस और मिलेट्री ने चरसा में बहुत जुल्म ढाया और अभी भी चरसा का हाल वैसा ही है। जुल्म का अन्त नहीं है, बाढ़-सूखे में कोई रिलीफ नहीं है, अच्छी खाद की व्यवस्था नहीं है। क्यों? हर तरफ से बेहद कष्ट के कारण ही वे लोग नक्सली बन गए थे। रतन डोम लीडर था। हम लोगों के कष्ट भी तो बहुत हैं, फिर भी हम लोग क्यों नहीं उठ खड़े होते, अकसर यही बात मन में उठती है।"

"नवीनबाबू-लोग क्या कहते हैं?"

"बड़े लीडर लोग हम लोगों की बात नहीं सुनते। अधिक पूछने पर कहते हैं कि दीनू, तू नक्सली है क्या? मगर..."

"क्या?"

"नक्सली क्यों हो रहा था? यहाँ लोग शौकिया नक्सल नहीं थे। बीरू पाठक भी मुहल्ले का ही लड़का था। कब का मर-खप गया। बसाई ने जो आन्दोलन चलाया था, मौजूदा कारणों को लेकर ही तो था। वही सारे कष्ट अभी भी बाकी हैं। नवीनबाबू-लोग यह बात नहीं मानते कि तमाम गाँवों के सन्थाल-डोम-काउरा ने पुलिस-मिलेट्री का कितना-कितना जुल्म सहा है। फिर भी कहते हैं...। यह नक्सली ही थे, जिन्होंने हमारा दुख समझा। बसाई ने हमारा दुख समझा। इन्द्र-दा, हम सच्चे कार्यकर्ता हैं। जान लगाकर काम करते हैं। फिर भी उनका मन नहीं भरता।"

"क्यों?"

दीनू ने हताशा से चिरे कण्ठ से कहा, "ऑपरेशन-बर्गा के मौके पर जान-ईमान कबूल कराकर पता लगाया गया कि किसकी कितनी बेनामी जमीन है। गौर, कदम और रजत ने इसकी लिस्ट बनाई। क़ानूनगो भी सच्चा था।

नवीनबाबू ने रामेश्वर भुईयाँ और रोतोनि साऊ का नाम सूची से जाने क्यों निकाल दिया? बेशक उन्होंने पार्टी फण्ड में रुपया दिया है, मगर उनका ही आदमी पंचायत का प्रधान क्यों बनता है? जहाँ नक्सली स्थितियाँ हैं, सच्चा कैडर वहाँ जाएगा। उससे जब यह पूछा जाएगा कि हजार बीघा बेनामी जमीन के मालिक की जमीन भेस्ट क्यों नहीं होती सरकार की ओर से, जबकि सौ बीघे जमीन के मालिक की, पचास बीघे जमीन के मालिक की बेनामी जमीन खास क्यों की जाती है? मैं तो कैडर हूँ, पार्टी मेरी जान है, मैं क्या जवाब दूँगा?''

''और क्या?''

''रोतोनि, रामेश्वर, ताराचाँद जिनका जिले पर कब्जा है, वे मजदूरी नहीं देंगे—उस समय कहना पड़ेगा, 'भाइयो, सरकारी खेत-मजदूरी की दर को लेकर लड़ाई क्यों छेड़ते हो? जो दे रहे हैं, उसे स्वीकार कर लो।' जागुला में किराने की दुकान करता है हरि पाडुइ। उसकी दस बीघे जमीन खेत-मजदूरों पर निर्भर करती है। हरि से कहना पड़ेगा, 'यह हक की मजदूरी है। मजदूरी नहीं तो धान रोपाई नहीं, निराई नहीं, कटाई नहीं।' क्यों कितना कहूँगा? मोतीबाबू के पास भी बेनामी जमीन बहुत है।''

''मोतीबाबू की? कहाँ?''

''सदर में। उस जमीन को भेस्ट कराने में पार्टी का सिर ऊँचा होता। वह क्या कर रहा है, कोई नहीं जानता। सुना है कि उसकी जमीन में बर्गा ही नहीं है। भेस्ट नहीं होगा, बर्गा दर्ज नहीं होगा। क्यों?''

''और क्या दीनू, और क्या?''

''यही वजह है कि कोई हम सच्चे कैडरों का विश्वास नहीं करता। किसी जोतदार, किसी महाजन पर दबाव डालना मना है। क्यों? सिर्फ सुनता हूँ, ताकि कोई हंगामा न हो। गाँव चलो, अपनी आँखों से देखो। अपनी आँखों से मजा देखो। बाढ़ आई हुई है, फूड फॉर वर्क सुन रहे हो, वहाँ गेहूँ कौन ले जा रहा है?''

''और भी बातें होंगी, दीनू?''

''हाँ, काम करने का मौका देते तो दिखा देता कि हम भी खेत-मजदूरों की लड़ाई लड़ सकते हैं और खेत-मजदूरों से मदद भी पाते हैं। बेनामी जमीन खास करके जोतदार दुरुस्त करता—दिखा देते, हाँ, हम लोग भी लड़ाई लड़ना जानते हैं। मगर कोई चारा नहीं है। सिर्फ झूठी बातें कहकर दुखी और भूखे लोगों को भुलावा दिया जा सकता है?''

''क्यों, क्या वे काम करने नहीं देंगे?''

''अगर तुम करने गए तो तुम नक्सल कहलाओगे।''

"वह भला कैसी बात हुई?"

"यही बात है। इस दुख से जल-जलकर हम लोग गल रहे हैं। वरना रोतोनि साऊ को लेकर...।"

"क्या हुआ उसे?"

ऑपरेशन-बर्गा कार्यक्रम की एक प्रतीक घटना का दीनू बयान करने लगा। मगर उससे पहले ही, "सदानन्द कहाँ है? यह कोंहड़ा पकड़ो न! साला बहुत भारी है!" कहते हुए एक नाटा गुट्टा बूढ़ा हाजिर हुआ। कपाल, गरदन तथा हाथ पर जख्मों के दाग थे जैसे किसी ने दाब से चोट की हो।

उसे पता है कि लोग उसके जख्म को पहले देखते हैं, बाद में उसका नाम जानना चाहते हैं। इसीलिए कहने लगा, "दाब से चोट की थी। मैं रतन डोम हूँ। तुम वही बाबू हो न, जो चरसा जाकर किसान-सभा करना चाहते हो! वहाँ जाने से कोई लाभ नहीं है। कोंहड़ा पकड़ो न, दीनू!"

"लाभ क्यों नहीं है?"

"बड़े किसान वहाँ नाम को भी नहीं हैं। नंगे मजदूरों का गाँव है। ऐसे गाँव में किसान-सभा के कामरेड जाएँगे?"

"मुझे नहीं पता कि तुम लोगों को किसने क्या बताया, क्या समझाया है। मगर ऐसे गाँव में ही तो किसान-सभा अच्छी तरह काम करती है।"

रतन डोम बैठ गया, गमछा घुमा-घुमाकर हवा काटने लगा। फिर कड़वी हँसी हँसते हुए बोला, "नहीं करती, कभी करती थी। हाँ, नक्सलों को मदद दी है। हाँ, बसाई को इज्जत दी है। मगर जीने के लिए। उस बार जब सामन्त बाबू ने काली बाबू को ले जाकर खड़ा किया और कहा तो रतन डोम ने वायदा किया है कि वोट दिलाएगा। दिला भी दिया। क्यों दिलाया? रतन डोम ने सूर्य साऊ के गुमाश्ते का सिर उतार दिया था; सभी को पता है। साऊ के गुण्डों के हाथ में दाब थे, उनसे चोट पर चोट की गई। उसके बावजूद सिर नहीं छोड़ा। काटकर ला दिखाया था। वोट क्यों ला दिया? मैंने विश्वास किया था कि पुलिस और जुल्म नहीं करेगी, जोतदारी-जुल्म में न्याय मिलेगा। हाः हाः! किन लोगों पर विश्वास किया?"

रतन जल्दी-जल्दी गमछा झलने और कहने लगा, "सामन्त ने गद्दी का हिस्सा लिया और काली बाबू को मार दिया। तुम लोगों की पार्टी के नाम पर गाँव-देहात के सामने उन्हीं काली बाबू का चेहरा होता था। वही दौड़धूप करते हुए मरता-खपता था। उसे मार दिया, बेतुल को मार दिया। पुलिस अब दुगुना जुल्म ढाती है। और जोतदार? जोतदार तुम लोगों को चन्दा देकर पार्टी से मदद

ले रहा है। गरीब किसान, खेत-मजदूरों पर वे तिगुना जुल्म ढा रहे हैं।''

''इसके लिए क्या हम लोग उत्तरदायी नहीं हैं?''

''उत्तरदायित्व किसका है, रतन को पता है। चरसा की बाढ़ में मरे। वह साली बाढ़ बहाना भी जानती है। बाढ़ में मरा। छिटपुट रिलीफ। तेलहा सिर तेल से तर हो गया, रूखा सिर कट गया। फूड फॉर वर्क सुनकर काम करना चाहा, लेकिन काम नहीं मिला, गेहूँ नहीं मिला। इनसान को सूखा-भूखा रखा गया। सुना है कि गेहूँ लौटा दिए हैं। कोई कहता है, बेच दिया है। भला, ऐसा कहीं होता है? उत्तरदायित्व किसका है, रतन डोम को पता है।''

भयंकर से भयंकर राज एक के बाद एक खुल रहे हैं। इन्द्र के भीतर जैसे कुछ जल जाता है। विश्वसनीय कैडर क्या कहेगा? नेताओं से रतन डोम की मुलाकात नहीं होती, इन्द्र की होगी, दीनू की होती है। यह जोतदारी शोषण क्यों चल रहा है, इस ढाँचे को ज्यों-का-त्यों बरकरार रखकर चलाने की क्यों कोशिश की जा रही है? कहाँ डर है? क्यों डर है? जिन्होंने वोट देकर पार्टी को गद्दी पर बैठाया उन्होंने तो ईमानदार तथा विवेकी प्रशासन माँगा था। वे सभी लोग तो पार्टी के सदस्य नहीं हैं। जनता की राय पाने पर सबसे पहले उत्तरदायित्व स्वीकार करने की बात थी न?

इन्द्र ने धीरे से पूछा, ''सामन्त-दा को यह सब पता है?''

''कांग्रेसी झण्डा उड़ाने का मोटा डण्डा है–रामेश्वर भुईयाँ। चन्दा देकर रामेश्वर अब पार्टी का खम्भा बन गया है। उसकी ही जीप पर चढ़कर सामन्त बाबू जागुला में घूमे, माला पहनी। वोटों से जीतने पर अबीर उड़वाया। वही सामन्त बाबू क्या यह सब नहीं जानते? स–ब जानते हैं। अभी उन्हें रतन डोम की जरूरत नहीं है। उन्हें पता है कि डोम तो उजबक है, वोट के समय जाऊँगा तो हम लोगों के लिए जरूर खटेगा।''

''कहकर देखा है?''

''गया था। चार साले काउरा सन्थालों का बर्गा रेकार्ड कराने के लिए। रोतोनि साऊ को मिले चार लाख रुपए। और हम लोगों ने लात खाई। सुकुल बाबू ने भी अपमानित होकर छोड़ दिया। बहुत हुज्जत हुई।''

दीनू ने कहा, ''जो बात उस समय मैं कहने जा रहा था, वही बात वे कह रहे हैं।''

दीनू के मौसा ने कहा, ''पहले खाना खा लो। खाना सामने रखकर दूसरे का किस्सा नहीं सुन सकता। यह भात है, भात। दीनू, दुकान से पत्तल क्यों नहीं ले आते?''

दीनू शाल के पत्ते ले आया। माड़ी न निकाला भात, दाल और आलू का सूखा। आलू का सूखा बहुत थोड़ा-सा ही है। उसी का पुट देकर भात खाया गया। भात खाने के बाद रतन ने परम तृप्ति के साथ पानी पिया और कहा, "कल मछली लाऊँगा। कोंहड़ा, मछली, मिर्च, प्याज से भात खाए अरसा हो गया है।"

"और दवा?" दीनू के मौसा ने कहा।

"नहीं।"

"नहीं लाए?"

"नहीं, और लाऊँगा भी नहीं।"

दीनू ने इन्द्र से कहा, "वे गठिया के दर्द की दवा जानते हैं। तेल पढ़ देंगे—गठिया के दर्द से आराम मिल जाएगा।"

पहले इन्द्र ऐसी बातों पर उछल पड़ता था। यह तमाम झूठे संस्कार हैं। तेल पढ़ना, जल पढ़ना, जादू-टोना, जंतर-मंतर—सब झूठ है।

अब इन्द्र नहीं उछलता। यह सब धोखाधड़ी है या अपने को भुलाना है। वैज्ञानिक चिकित्सा-व्यवस्था जिनकी पहुँच से परे हैं, वे लोग ही उसे पकड़ते हैं। धीरे-धीरे इन्द्र अगर उनसे घुल-मिल गया, तो इस तरह के विश्वासों को तर्क से काटकर उन्हें उनसे हटा सकता है। मगर अज्ञान का अन्धकार दूर करने के बाद क्या इन्द्र 'स्वास्थ्य-केन्द्र में चलो' कहेगा? स्वास्थ्य-केन्द्र में गाँव के गरीबों को क्या मिलता है? स्वास्थ्य-केन्द्र में क्या रहता है? दवा नहीं है, औजार नहीं है, चिकित्सा की व्यवस्था नहीं है। सिर्फ है पराजित, थका हुआ एक डॉक्टर और प्रचार-पत्रों से भरी एक दीवार। चौबीस परगना के देहाती इलाकों में घूमकर इन्द्र ने बहुत कुछ देखा है और सरकारी खैराती दवाओं के लिए भी गरीबों को पैसा देना पड़ता है।

उसे सब कुछ पता है, इसलिए इन्द्र कुछ नहीं कहता। मगर रतन से यह सब सुन उसे ताज्जुब हुआ।

रतन ने कहा, "धत्तेरे की! मन में नफरत भर गई है। अब और दवा-दारू नहीं करूँगा। हम लोगों के स्वास्थ्य-केन्द्र में दवा-दारू के लिए बीस-पच्चीस हजार रुपए हैं। जब से माँगने पर दवा नहीं मिलती तभी से नफरत हो गई है। बाबू से कहता हूँ कि दवा-दारू के लिए कम दौड़-धूप नहीं की है। उसी से नवीनबाबू और मोटे हो रहे हैं। नवीनबाबू ने उससे कहा, 'धमकी देना, डराना—वह तमाम नक्सली हथकण्डे भूल जाओ। शान्ति के मार्ग पर चलो।' एक वक्त सभी मिलकर खूब नाचे थे, बहुत पहले। चीजों की कीमतें बढ़ीं, हमने लड़कर उसे दबाया। रामेश्वर ने बस का किराया बढ़ाया, हमने लड़कर उसे कम करवाया। अब यह

कहते हैं, 'हंगामा मत करो। वे नक्सली दिन लद गए हैं, शान्ति के मार्ग पर चलो।' "

इन्द्र हँस पड़ा।

रतन ने कहा, "हाँ, हाँ, हँसिए बाबूजी! यह हँसने की ही बात है। हँसिए। तो सुनो, सदानन्द। मेरी जोरू, मातो की अम्मा कहती है, मेरी बात कभी नहीं सुनते। उस दिन कह रही थी, 'हाँ, तुम्हारी जिन्दगी एक ढर्रे से बीती। मेरी तो कभी नहीं मानी तुमने। दस लोगों को दवा क्यों दे रहे हो? जिसकी दवा लगती है, किस्मत उसके हाथ में होती है। तो फिर हम-तुम फटे कपड़े क्यों पहनते हैं? ठण्ड में फटी कथरी क्यों ओढ़ते हैं? क्यों पेट में भात और सिर पर तेल नहीं जुटता?' बस। इसी से मेरी आँख खुल गई। न समझता, मैं क्या कोई गधा हूँ? मातो की माँ ने यही बात समझदारी की की है।"

"दवा से कितने लोगों को आराम मिला है?"

"दवा के असर से या खुद-ब-खुद आराम हो रहा है।"

"दवा का असर तो होता है।"

"मन उचट गया है। असली दवा का पता लगने पर इस दवा की असलियत मैं जान गया हूँ। अब मैं वह दवा जान गया हूँ जिससे पेट में भात मिलता हो, बदन के लिए कपड़ा मिलता हो। दूसरी दवा के लिए अब मैं काम नहीं करूँगा।"

रतन चुप हो गया। फिर उसने बीड़ी सुलगाई। कहने लगा, "मन बुरी तरह से टूट गया है।"

दीनू ने कहा, "रोतोनि की बात बताओ न!"

रतन ने कड़वी हँसी हँसकर कहा, "हाँ! वह किस्सा सुनने लायक है। यह बात जो सुनेगा उसे पता चल जाएगा कि रतन डोम जैसा बेवकूफ कोई दूसरा नहीं है।"

रतन ने कहानी संक्षेप में सुनाई।

"बाढ़ आई, बाढ़ गई। फूड फॉर वर्क के मामले में लोग बहुत खुश हुए। अगर दीनू, गौर, कदम, रजत सच्चे हों तो; और रतन हजार बार कहेगा कि ये बहुत ही सच्चे हैं, बहुत ही विवेकी हैं। फिर अगर यह लोग सच्चे हैं तो सच बात कहें कि फूड फॉर वर्क के अन्तर्गत जितना गेहूँ आया था, वह सभी को नहीं मिला।"

दीनू ने कहा, "सबों ने काम नहीं किया।"

क्षण-भर में रतन का व्यक्तित्व बदल गया। दबी हुई आवाज में, गरजते हुए उसने कहा, "काम सब लोगों को नहीं मिला। सभी माँग रहे थे।

"लोगों को चुन-चुनकर काम दिया गया। गेहूँ भी उन्हें ही मिली। मगर जितनी संख्या में लोगों ने काम किया, जिस परिमाण में गेहूँ बँटा, उससे कहीं अधिक लोगों को काम मिल सकता था। गेहूँ काफी अधिक था। बहुत-से भूखे लोगों को भूख से सुखाकर गेहूँ हवा हो गया। गौर और रतन ने इस पर काफी झगड़ा भी किया था।"

यह एक अध्याय भी खत्म हुआ।

"बाढ़ के दुख ने हम लोगों को जैसे बारहमासिया बना दिया है। बारहमासिया समझते हो, बाबू? दुखी भूखा आदमी जाकर जमीन के मालिक के, व्यापारी के घर पर बारहमासिया बनता है। कोई कहता है, बारहमासिया, कोई माहिन्दार, कोई कहता है भतुआ। जितने देस उतने नाम। तो दुखी भूखा आदमी, जिसके घर पर कुछ नहीं है, वह बारहमासिया बनता है। बाबू हो। हमें बारहमासिया बनाकर रखो, भात का दुख और सहा नहीं जाता। भात का दुख सबसे बड़ा दुख है। इतनी बड़ी दुनिया धान के खेतों से किसने भर रखी है? यह रामशालि, जटाशालि, कनकचूड़, झिंगासाल, तिलसागरी कितने तरह के धान, कितने तरह के चावल, कैसी-कैसी व्यवस्था है! सारा धान कौन बोता है, खेत कौन काटता है, कौन उससे चावल अलग करता है? कौन उसे अपने खलिहान में भर लेता है? खाता कौन है? किसका इन्तजाम है? हम लोगों को पेट भरने के लिए कुछ भी नहीं जुटता। यह सब किसका इन्तजाम है? तुम लोग कौन-से दुख की बात कहते हो, बाबू, मैं समझ नहीं सकता। भला किस दुख से आदमी घर छोड़ देता है या किस दुख से आदमी आत्मघाती बनता है? हम लोग भात के दुख से दुखी हैं, बाबू! हम लोग घर नहीं छोड़ते, हम लोग आत्मघाती नहीं होते। फटी कथरी बदन पर ओढ़कर भात का सपना देखते हैं। सपने में पके धान की खुशबू दौड़ आती है, मन भर जाता है।

"भात के दुख से बारहमासिया बने तो बस गुलाम हो गए। सालियानादार या दरमाहादार का उससे क्या आता-जाता है, बाबू? माहवारी मिलेगा, पेटभर खाओ, मगर बारहमासिया को दिन या रात कभी छुट्टी नहीं मिलेगी। और पैसे की जरूरत पड़ती है कि नहीं, बाबू? लड़का-लड़की की बीमारी, किसी की शादी-ब्याह, किसी का जातकरम, किसी का श्राद्ध—तरह-तरह के कामों के लिए पैसा चाहिए। हर काम में पैसा चाहिए। खुद भरपेट खाते हो, घर के लोग सूखकर मरते हैं। पेट भरने के लिए मालिक पैसा कर्ज देता है। उस कर्ज का सूद कूद-कूद कर बढ़ता है। बारहमासिया का कर्ज चुकता नहीं होता। मरते वक्त लड़के को बारहमासिया बनाकर छोड़ जाता है। यह अगर गुलामी—बन्दागिरी नहीं है तो किसे

तुम गुलाम कहोगे? इसीलिए गाता हूँ :

बारहमासिया रे! तेरे दुख से जिया रोए।
पंछी-परिन्दे रोए
कीड़े-मकोड़े रोए
पेड़-पौधे रोए, बारहमासिया!
तेरी आँखों में आँसू, मालिक मुसकाए
मालिक का कुत्ता हँसे, बिलार मुसकाए
ढेंकी हँसता है, ओखल हँसता है
मालकिन हँसती है कितनी!
मालकिन के पाँव में पीतल का झुमका
झुमका झन-झनाकर बजता है, मीठी-मीठी हँसी हँसता है।"

चरसा की बाढ़ के बारे में बताते हुए रतन डोम इतनी बातें कह गया। रतन डोम की बात कहने का ढंग विचित्र मनभावन है। मजदूर लोग जमीन खोदकर पेट की आग की वजह से शहर जाते हैं, इन्द्र को यह पता है। कारखाने के इलाके में लड़ाकू मजदूर यूनियन की लड़ाई लड़ते हैं। झण्डे की इज्जत रखते हैं। मगर उनके स्वप्न के बारे में तुम नहीं जान पाते। सोचने पर तुम्हें बहुत ही अजीब लगता है। तुम तो उन लोगों के साथ के साथी हो, दोस्त! सभी जानते हैं कि उनके दैनिक संग्राम का हिसाब-किताब तुम्हारे रक्तकणों से लिखा जाता है। सब जानते हैं, मगर सपना क्या है, नहीं जान पाते। और इस पर तुम्हें हैरानी होती है। सपने के बारे में जानने की तबीयत होती है। यह तमाम जाने-पहचाने, कालिखपुते चेहरों की आँखों के किस कक्ष में सपनों को बन्दी बना रखा है?

उसके बाद अचानक एक दिन पता चलता है। होली की रात होलीमत्त मनोहर जब ढोलक बजाकर नाच-नाचकर गाना गाता है, सबके साथ बैठकर तुम करताल पीटते हो, उस समय चम्मन रैदास स्वप्निल आँखों से छपरा जिले के सिराही गाँव में होली की शोभा देखते-देखते अस्फुट आवाज से कहता है, 'और एक साल में उधार चुकता कर डालूँगा। उसके बाद? जमीन खरीदूँगा, खरीदनी ही होगी। अधिक नहीं, तीन बीघा जमीन से भी चार महीने की खुराकी निकल आएगी।'

उसके गले की आवाज में गहरी प्यास। और अचानक तुम्हारे सामने एक सचाई कौंध उठती हैं, जो तुम्हारे राजनीतिक पाठ्यक्रम में नहीं है। तुमने सीखा है, मजदूर मजदूर ही रहता है, किसान किसान ही रहता है। सिद्धान्त की बात है। अपनी आँखों से दूसरी एक सचाई देखते हो। छोटे और मझोले कारखानों में काम करनेवाले मजदूर जमीन से वंचित होकर औद्योगिक क्षेत्रों में आते हैं।

जमीन के लिए हाहाकर रह जाता है उसकी आँखों में, दिल के पिंजड़े में, शाम को नशे के वक्त, रात को पत्नी के साथ घुल जाने के बिन्दु पर। यह रूपान्तरित होने का एक स्तर है। इस स्तर पर जो किसान है, वही मजदूर है और मजदूर-किसान है। हाँ, इस स्तर पर मजदूर-किसान एक ही मानवदेह में रहते हैं। घुलमिलकर। कितनी घिसाई-पालिश के बाद भी अपने अन्तरतम में, अपने सपनों में वह मजदूर रहेगा, यह तुम नहीं जान पाते।

यह नयी संज्ञा तुम्हारा आविष्कार है। यान्त्रिक सिद्धान्त पढ़ते समय तुम्हें पता भी नहीं लगता कि तुम एक ऐसे भारतवर्ष का आविष्कार करोगे, जो कृषि-प्रधान भारत है।

इस नई रोशनी में तुम्हारी तोतारटन्त टल जाती है। और हमीद के घर पर ईद के मौके पर लम्बे अरसे से प्रोटीन खाकर तुम जब बेहद खुश होते हो तो उस वक्त हमीद कहता है, "त्योहार में इस साल ज्यादा खर्च नहीं कर रहा हूँ। इस बार जमीन छुड़ानी ही पड़ेगी। अहा! क्या जमीन है!"

औद्योगिक क्षेत्र में इन तमाम लोगों ने इन्द्र को बहुत पहले ही भूमिजीवी लोगों का पक्षपाती बना दिया है। इसीलिए इन्द्र गहरी दिलचस्पी से रतन की बातचीत सुन रहा था।

कितना विचित्र मनभावन जादू है उसके बात करने के ढंग में! बाढ़ की बात के साथ बारहमासिया की बात। भात का दुख इस तरह बयान कर रहा था जैसे कोई रूपकथा सुना रहा हो। रूपकथा ही तो है यह। रूपकथा कभी भी पुरानी नहीं होती। कनकसाली, रामशाल, रूपनारायण, धान का पहाड़ काटकर जो लोग दूसरों के खलिहान में ला खड़ा करते हैं, उन रतनों के भात का दुख भी तो रूपकथा की तरह ही है। बहुत पुरानी है यह बात, आज भी वह जीवन्त है। इन्द्र को आज अचानक बहुत दिनों बाद अपनी अभागिन माँ की बात याद हो आई। माँ भूजा भूनते हुए बीच-बीच में मृत्युविलाप की तरह बेसुर में लगातार गाती थी :

किसी के अन्न में दूध-बतासा
मेरी तो अम्मा शाक नहीं जुटा पाती।

माँ यही एक रामप्रसादी भूलभाल जानती थी, इसी को गाती थी। जमाना हो गया, माँ मर गई। कैंसर हुआ था पेट में। जिन्दगी-भर जिसे सिर्फ दुख मिला, मौत ने भी भीषण व्याधि के रूप में आकर उसके शरीर को बहुत ही तकलीफ दी थी। किसकी व्यवस्था है, बाबू? माँ बहुत ही डरपोक और देवी-देवताओं की भक्त थी। माँ का परिणाम देखकर ही इन्द्र ने भगवान को अपने भीतर से काटकर

निकाल दिया था। निरीश्वर होने के लिए कम्युनिस्ट नहीं होना पड़ा। निरीश्वर होकर ही वह पार्टी में आया था। पार्टी में घुसकर ईश्वर को छोड़ देने पर वह साईं बाबा के माध्यम से घरवाली का आँचल पकड़कर घर में घुसता है। सामन्त और उसका राजनीतिक रूप से सचेत परिवार!

रतन ने कहा, ''क्या कहता था, क्या कह रहा हूँ! डोम-काउरा का मामला है, माफ़ कर देना।''

''आगे सुनाओ, मुझे बहुत अच्छा लग रहा है।''

''क्यों?''

''बहुत सारी बातें नहीं जानता, इसीलिए।''

''चरसा की बाढ़ की बात! तो बाढ़ ने हमें बारहमासिया बना रखा है। बाढ़ के सामने हम बारहमासिया हैं, सूखा-अकाल के सामने भी बारहमासिया। बाढ़ आई, गई। लेकिन प्रलय-भरी बाढ़ कभी नहीं देखी। उसके बाद जो हुआ वह कहूँ। न रिलीफ, न काम के बदले में गेहूँ—मन बहुत टूट गया। सब मिलकर सामन्त बाबू के पास गए, दिलीप सोरेन ने अर्जी लिखी। अँगूठे की छाप लगाई। अरे बाप! बाप रे बाप!''

''क्या हुआ वहाँ?''

''वही चेहरा, वही आदमी, मगर यह कौन-सा सामन्त है? कहने लगा, 'सब मिलेगा तुम लोगों को। नक्सली गरमी दिखाने के लिए अर्जी ले आए हो।' हमने कोई गरमी नहीं दिखाई थी। हमें मिला भी कुछ नहीं था। तिस पर भी यह बातें सुनकर हैरत में आ गए। कहा, 'हाँ बाबू! वोट लेते समय तो इतना गरम नहीं हुए? गद्‌दी मिली तो सब भूल गए?' ''

''क्या जवाब मिला?''

''कहने लगे, 'तुम बहुत आगे बढ़ रहे हो, रतन। कुछ नहीं किया कह रहे हो? सूरज के गुमाश्ते को काट फेंका था, तो भी नहीं पकड़वाया था। उद्धव बसाई टुडु के साथ घूमता था। उसके खिलाफ भी कुछ नहीं किया। दिलीप को नौकरी दी, उसने नहीं की। इससे मान लिया गया कि वह सन्थाल है, शायद नक्सली बवंडर उठाता है।' ''

''उसके बाद?''

''कहा, 'सामन्त बाबू! यह कोई अच्छा काम कर नहीं रहे हो। वोट दिया है और सारे कामों में शामिल भी होना चाहता हूँ। कब, क्या हुआ था, उसे पकड़कर बैठे हो!' ''

कहते-कहते रतन जरा रुका। फिर भौंह सिकोड़कर न जाने कैसे स्वर में

बोलने लगा, "दिल टूट जाता है। कह सकता था, अपने लड़के गौर और कदम से पूछो न! चरसा के लोगों से जब उसने कहा था कि नक्सली बने हुए हो, बसाई टुडु को मदद दी तो वह बात क्या भूल जाऊँगा? जानता हूँ बहुत ही दुख से हथियार उठाया था। और वादा करता हूँ कि जितने लड़कों को जेल में रखा गया है, उन्हें छोड़ दूँगा। जमीन के मालिकों को नहीं, तुम लोगों को मदद दूँगा। हर तरफ से सुविधाएँ दूँगा।"

इन्द्र बहुत ही ध्यान से सब बातें सुन रहा था। चुनाव के इलाके भी तरह-तरह से बँटे हुए और मिले-जुले होते हैं। हर चुनावी इलाके में अलग तरह से बातें करनी पड़ती हैं। काँकड़ासोल में जो बातें कहकर वोट माँगे हैं, वही बातें जटिल समस्याओं से उलझे, संग्रामी, खून से सने चरसा प्रान्तर में नहीं कही जा सकती। उसके भी मन में नेताओं के खिलाफ कहने को बहुत-सी बातें हैं। पार्टी से प्यार करता है, इसीलिए मन में यह बातें भीतर जमती जाती हैं। रतन की बातें सुनना बहुत जरूरी है।

"कह सकता था, गौर और कदम से सुनकर तुम लोगों की बातों पर विश्वास किया था। सामन्त बाबू को वोट दो, इस बार रोतोनि साऊ, रामेश्वर भुईयाँ की हेकड़ी नहीं चलेगी। 'वोट दो' नारे के साथ कितने चक्कर लगाए, सभाएँ कीं! सामन्त बाबू हो! तुम जीत जाओ, भूखे पेट धामसा[1] बजाकर तुम्हारा जयजयकार करूँ। उसके बाद तुम्हारे सारे कामों की अगुवाई करूँ। सब-कुछ भूल गए। इसी से मन में दुख होता है। उस दिन कहा था, 'वोट से जो जीतता है वही रावण बनता है।' फिर घर नहीं लौटा।"

सदानन्द जैसे हैरत में पड़कर पुरानी बातें याद करते हुए बोला, "नहीं, वह घर नहीं लौटा। मेरे यहाँ शराब भी नहीं पीने आया। जो किया, वह अजब ही था।"

चरसा के किनारे जाकर चुपचाप जा बैठा था रतन। क्यों बैठा था? पूछने पर कहा था, "वोट माँगनेवाले बाबूओं का स्वरूप तो उसे अच्छी तरह पता था। फिर भी पाँच लोगों की बात सोचकर सामन्त को वोट दिया था। गाँव के लोगों की जिन्दगी में बहुत दिनों से बिखराव है। सामन्त को वोट देने पर जोतदारों का आतंक कम हो सकता है, जेल में बन्द लड़के घर लौट सकते हैं। चरसा नदी को उसके मन की सभी बातों का पता है। इसीलिए चरसा के आगे रोने बैठा था। इतना बड़ा दुख शराब पीकर भूलना ठीक नहीं है। और भूलेगा भी क्यों? याद रखना ही पड़ेगा।"

1. सन्थालों का बाजा

दिलीप सोरेन ने उसका हाथ पकड़ा था। कहा था, "चलो काका, घर चलो। कई काम करने हैं। तुम हम लोगों के सिरमौर हो, तुम्हारे बैठे रहने से काम नहीं चलता! घर चलो।"

कुटर-कुटर की आवाज हो रही थी।

"वह क्या है?"

रतन चौंक पड़ा था।

"फरई चबा रहा हूँ, लो फरई, प्याज लो।"

फरई और प्याज खाते हुए रतन घर लौटा था। गाली देकर बोला, "हरामी ने नौकरी पाकर भी नौकरी नहीं की। सुनकर सामन्त गरम हो रहा है।"

दिलीप ने कहा था, "मिर्च लोगे? फरई के साथ मिर्च न होने पर मजा नहीं आता! लो, लो न!"

वे लोग गाँव लौट गए। बहुत दिन बीत गए। वक्त कैसे बीता, रतन कह नहीं सकता। शायद पश्चात्ताप में, या गलती के अहसास में। सामन्त ने एक काम किया। जब जागुला में देहाती हस्तकला की प्रदर्शनी हुई थी तो उसने लड़कों से कहा, "उचित मूल्य पर चीजें बेचनी पड़ेंगी ताकि ग्रामीण कारीगरों को पैसा मिले। और चरसा के रतन डोम से कहो कि डोमों से बाँस और बेड़े का एक देखने लायक प्रदर्शनी-कक्ष तैयार कराएँ। कच्चा माल लाएँ। रस्सी-वस्सी तुम लोग दो। रुपए का आधा पहले ही थमा दो, बाकी आधा काम पूरा होते ही दे दो।"

रतन ने सोचा था कि काम नहीं करेगा। मगर दिलीप, गौर, कदम के साथ जागुला का चक्कर लगाया गया और रतन से कहा गया कि, "दस-पन्द्रह लोग मिलकर घर खड़ा करो। बाँस काटने और चीरने के लिए बीस लोगों को लो।"

"सामन्त बाबू कितने रुपए देंगे?"

"यही समझो, चार हजार रुपए।"

"क्या कहता है तू?"

"चार हजार।"

"हाँ, देगा हम लोगों को।"

"दें तो करोगे?"

"देने दो। रुपया देखें पहले।"

रतन ने रुपया देखा था। उन बीस लोगों ने मिलकर ही सारा काम किया था। हाँ, चार हजार रुपए ही मिले थे। दो-दो सौ रुपए एक आदमी को। बड़ी ही आश्चर्यजनक बात हुई थी।

घर की शोभा गजब की थी। कर्त्ताल डोम ने कहा था, ''माँ का मन्दिर उतार दूँगा आँखों के सामने।''

वासुली मन्दिर काँकड़ासोल की सीमा पर है। बड़ा ही खूबसूरत मन्दिर है। कलस पर कलस, दोनों ओर दो पत्थर की दो नावें। उन नावों में चढ़कर ही वासुली देवी अपनी सखियों के साथ सैर करते हुए, आसमान के रास्ते तैरती हुई वहाँ आकर टिक गई थी। देवी के आदेश से भुईयाँ राजा ने यह मन्दिर बनाया।

रतन आदि ने इस परिचित मन्दिर की नकल में ही माँ देवी का घर खड़ा किया। कर्त्ताल के निर्देश से। बाँस और टट्टरों से बना विचित्र मन्दिर। छोटे-छोटे बल्बों की मालाएँ ओढ़कर मन्दिर झिलमिलाने लगा। बहुतों ने बहुत तारीफ की उसकी। बेशक मोतीबाबू बोले थे कि, ''तुम लोग तो सिर कलम करनेवाली पार्टी के आदमी हो। यह सब काम भूले नहीं हो, देख रहा हूँ। अब क्यों नहीं करते यह काम?''

रतन के मन की प्रसन्नता दूध की तरह फट गई और उसका मन गुस्से से भर गया था। उसने कहा था, ''कराओ तो सही।''

''जो कराता हूँ वह हर वक्त करता है क्या?''

''क्यों नहीं? भूखा रखते हो, भूखा रहता हूँ। काम रहते हुए भी काम न देकर जान से मारते हो, मरता हूँ। और रुपया देकर काम कराने पर काम करता हूँ। तुम लोग तो अभी भी भगवान हो।''

मोतीबाबू की बात से चिढ़कर रतन आदि चले आए। उसके बाद जागुला में बहुत-से उत्सव, बहुत-से पंडाल बने।

लेकिन रतन और उसके साथियों को फिर बुलावा नहीं आया।

''मदद नहीं मिलती है बाबू, मदद नहीं मिलती। पहले राजा-जमींदारों ने त्योहारों पर कितनी तरह की चीजें बनाने के लिए बयाना दिया है, हमने बनाया है। देसी चीजों से मदद नहीं मिलती, इसीलिए बना नहीं पाता, बाबू! तुम लोगों का तो अब रोज नया-नया पर्व होता है। सभाओं का भी अन्त नहीं है। देसी चीजों से इन्द्रसभा का लिबास! तुम लोग भी मदद नहीं देते। हम लोग जो कुछ जानते हैं, लड़कों को नहीं सिखाते। सिखाने से क्या लाभ? डाला, कुल, चेंगाड़ी और टोकरी बनाना सिखाता हूँ।

''जागुला में धरमराज का मेला लगता है। हम लोग धरमराज की ध्वजा ढोकर ले जाते हैं। मयूर, मछली, हाथी—तरह-तरह के ध्वज बनते हैं। उन ध्वजों को देखकर कितनी तारीफ करते हो तुम लोग, फटाफट तसवीरें खींचते हो। मगर मदद

नहीं देते। ऐसी तमाम बातें किसकी व्यवस्था में हो रही हैं?''

रतन इसी तरह बातों का जाल बुनता चला गया। तभी इन्द्र को अचानक शक हुआ। उसने कहा, ''रतन-दा! तुमने क्या बहुत दिनों के बाद भरपेट भात खाया है?''

रतन दुर्बोध हँसी हँसा, ''क्यों? सोचते हो कि भात के नशे में बातें कर रहा हूँ?''

''हाँ।''

''समझे नहीं?''

''क्या नहीं समझा?''

''क्यों यह बात कह रहा हूँ।''

''क्यों? तुम ही बताओ।''

रतन फिर घुटी-घुटी हँसी हँसा। कहने लगा, ''साले, तुम्हें समझाना चाह रहा था कि पार्टी का काम चरसा में बैठकर करो। देखो, हम किसी भी सरकार के साथ झगड़ा नहीं करते। 'नक्सली' नाम भूल जाओ। उन लोगों के साथ हम लोग क्यों शामिल हुए थे, किस दुख के कारण, उसे देखो। दुख के कारणों को मिटा दो न, बस! हम लोग जान लड़ा देंगे। जो आदमी दुख में साथ रहेगा, उसे मदद दूँगा। इतनी बातें यूँ कह रहा हूँ, ताकि मुझे पहचान लो। अगर मेरी नहीं सुनोगे तो मुझे जानोगे कैसे?''

''कहो, सब सुन रहा हूँ।''

''भात के नशे में नींद आती है, बात नहीं।''

''क्या पता, कई दिनों से भात खा रहा हूँ।''

''यह कैसी बात हुई?''

''रोटी और प्याज खाता था।''

''ओह, कब?''

''बहुत सालों से।''

रतन बहुत ही परेशान हुआ। कहने लगा, ''जेल में भात नहीं देते? जेल में तो रहे हो।''

''हाँ, देते थे।''

''रोटी और प्याज। वहाँ चावल नहीं मिलता?''

''मिलता है। लेकिन पकाए कौन?''

''बाबू! अन्न लछमी है। चावल था। चाहते तो खा सकते थे। खाया नहीं। इसीलिए भात का दुख नहीं समझते। भात के मर्म का पता नहीं लगता। इसीलिए

कह रहे हो कि भात के नशे में डोम बक रहा है।''

''आगे कहो रतन-दा, रात बढ़ रही है।''

सदानन्द ने गला खँखारा और कहा, ''मैं सो रहा हूँ बाबू, मेरी आँखें मुँदती आ रही हैं।''

रतन ने कहा, ''धत्त साले को!''

''तुम जाग सकते हो, मुझमें ताकत नहीं है।''

सदानन्द लेटते ही सो गया। धुँधली लालटेन की ओर देखता हुआ रतन जाने क्या सोच रहा था। उसके बाद कहने लगा, ''इतनी बातें कहने से क्या फायदा? एक और बात बताऊँ? उस मामले में दीनू जैसे बहुत-से लड़कों के, बहुत सच्चे लड़कों के मन टूट गए थे। और जिसका मन टूटता है, वही नक्सली बनता है। यह भी कोई बात है, बाबू? तुम्हारी पार्टी और नक्सली और कांग्रेसी—इनके बाहर क्या और कोई नहीं है? इनके बाहर भी अनगिनत लोग हैं। सुकुल बाबू किसी दल में नहीं थे, आज भी नहीं हैं।''

सुकुल वकील की कहानी या उसका अनुभव बहुत ही अहम है इस प्रसंग में। वह अनुभव सुनकर ही इन्द्र निर्णय ले सका था।

''बाढ़ और बाढ़ के बाद बहुत दिन बीत गए। प्रशासन में बदलाव आएगा, डोमों की यह उम्मीद ही बुझ गई थी। सब-कुछ पहले जैसा ही चल रहा था। पहले से कुछ बुरा ही चल रहा था। या शायद अच्छा। असल में बुरा-अच्छा कुछ भी नहीं है, इन्द्र बाबू। एक चीज राम के लिए अच्छी है तो वही श्याम के लिए बुरी। रतन की उम्र कम तो नहीं है। 'नारायणी' सिनेमा-हॉल जहाँ बना है, देखा है वह? नहीं देखा? देख आओ। बहुत ही भड़कीला हॉल है वह। उसके आगे रतन का लड़का, अभागा मातो डोम रिक्शा लेकर खड़ा रहता है। बाबू, चप्पलों के रंग कितने हैं, बाल के कितने फैशन हैं।

''अब जहाँ 'नारायणी' सिनेमा हॉल देख रहे हो, वहाँ घना जंगल था। जागुला का नाम था भुईयाँ जागुला। जागुला को उन दिनों भी शहर कहा जाता था, मगर छोटा। शहर बहुत देखा है रतन डोम ने। अब जहाँ हाई वे और बस-जंक्शन है, वहाँ हाथी देखने आते थे। वहाँ भुईयाँ-राजाओं का हाथी चरता था। बँसवारी थी, हाथी कच्चे बाँस की डालें-पत्ते खाता था।

''अच्छा किसे कहते हो और बुरा किसे, बाबू? अब पुलिसवाले सामन्त बाबुओं के दामाद बने हुए हैं। पुलिसवालों के शरीर पर खरोंच लगते ही बाबुओं की आँखों से आँसू गिरने लगते हैं। पार्टी के लड़कों को उस समय दनादन मारती है पुलिस। पार्टी के सभी लड़के फिलहाल निताई-गौर बन गए हैं। सब-कुछ भूल

गए हैं। वे लोग ही दीवार पर लिखते हैं : पुलिस पर जुल्म-अत्याचार मजबूत हाथों से रोकना पड़ेगा।

''इसमें पुलिस का भला है। पार्टी के लड़कों का भला है या बुरा—यह रतन नहीं जानता। लड़के निरे बेवकूफ हैं, उनमें सोचने की ताकत नहीं है। देखने की आँखें और सोचने का दिमाग पार्टी के पास गिरवी रखा हुआ है, रतन यही मानता है।

''पुलिस के लिए भला है घूस लेना। पुलिस घूस ले रही है। गरीब की पिटाई कर रही है, चोर-बदमाश-लुटेरों-छिछोरों के गिरोह, मस्तान-ठग सबको मदद दे रही है।

''यह चीज रतन-जैसे लोगों के लिए बुरी है। क्योंकि वे लोग पीटे जा रहे हैं। सभी चीजों में ऐसा ही है, बाबू! गौर, कदम, रजत, दीनू जैसे लड़कों के सीने पर पत्थर-सा बोझ बढ़ रहा है। वे लोग गाड़ी पर घूमनेवाले, काला चश्मा पहने, और कलाईघड़ी की ओर नजर रखते हुए भाषण देनेवाले नहीं हैं। 'कामरेडो! दोस्तो! बन्धुओ!' कहकर दो मिनट के भाषण में इलाके की सभी पुरानी समस्याओं का समाधान सुझानेवाले पार्टी-बाबू नहीं हैं। वे लोग पैदल चलनेवाले कैडर हैं। लोगों का सामना करना पड़ता है उन लोगों को।

''जागुला अभी भी ठेकेदारों, कालाबाजारियों और मस्तानों के चंगुल में है। चीजों की कीमतें बढ़ रही हैं। दवाएँ नहीं मिलतीं। परमिट पर किरासिन नहीं मिलता। यह सब रतन-जैसे लोगों के लिए बुरा है। अच्छा किन लोगों के लिए है, यह इन्द्रबाबू, आप खुद ही समझ लो।''

''यह तमाम किसके इशारे पर हो रहा है?''

''बहुत दिनों से रतन उसी आदमी को खोज रहा है, जिसकी व्यवस्था में यह तमाम बातें हो रही है, होती जाती हैं। उसके पागलपन की बात बसाई टुडु को पता थी। वह गम्भीरता से उसकी सारी बातें सुनता था और कहता था, 'यह भला कोई बात हुई? उसका पता मुझे मिला है। उसी का तो मुकाबला कर रहा हूँ।' ''

''बसाई की बातें रहने दो। इन्द्र वे तमाम बातें नहीं समझेगा। अभी सुकुल बाबू की बात सुनाओ।''

सुकुल साँतरा इस शहर के धाकड़ वकील हैं। नहीं, काली साँतरा के कोई नहीं लगते। याद आया इन्द्र को? वही जिसके मकान के फाटक के सिरे पर पूँछ हिलाते शेर हैं सीमेन्ट के। सुकुल साँतरा के बाप विक्रम साँतरा ने मकान बनाया, फाटक पर शेर बैठाए। सुकुल साँतरा बड़ा वकील है। जमीन सम्बन्धी क़ानूनों को अच्छी तरह समझता है। बीच-बीच में जाने क्यों, रतन को इसकी वजह नहीं

पता, सुकुल बाबू एकदम निचले कतार की पार्टी का केस लेते हैं। जैसा कि मोहनचाँद बागड़िया बनाम उद्धरण भुँइ माली का केस। केस में उद्धरण ही जीता था। उसके बाद हालाँकि, उद्धरण को रुपए देकर बागड़िया ने उस विवादास्पद जमीन पर कब्जा कर लिया था।

इस साल की बाढ़ के अनुभव के बाद रतन ने भूलकर भी नहीं सोचा था कि उसका बुझा मन फिर किसी कारण से उफन उठेगा। मगर अचानक शहर के एक मोड़ पर, अदालत तथा म्यूनिसिपल दफ्तर की दीवार पर, बस-जंक्शन के मोड़ पर—सभी दर्शनीय जगहों पर बड़े-बड़े होर्डिंग लग गए। ऑपरेशन-बर्गा को सफल बनाने के लिए आम जनता को आगे आने के लिए कहते हुए मोटे-तगड़े काले हरफ जोर-जोर से चिल्ला रहे थे। 'बर्गादार' शब्द की लिखावट देखकर ही पता चलता है कि इन्हें लिखने का ठेका किसे मिला है। शोभन षड़ंगी ही इस शहर के इस शासन से उस शासन तक सबसे खर्चीले होर्डिंग लिखते हैं अपने 'कपालकुंडला आर्ट स्टूडियो' में।

शोभन के बाल घुटने तक लम्बे हैं। जब-तब स्टूडियो के सामने कुर्सी लेकर बैठा बाल सुखाता है। कहता है, "उसके पुरखे अभिराम षड़ंगी छह फुट लम्बे थे और उनके बाल ऐड़ी तक लम्बे थे। शाम के वक्त समुद्र के किनारे वे बाल सुखा रहे थे और उन्हें देखकर ही बंकिमचन्द्र ने कपालकुंडला के बालों का वर्णन किया था।" इस कहानी के सच-झूठ के बारे में किसी ने जाँच-पड़ताल नहीं की। शोभन हालाँकि रवीन्द्रनाथ को अपना रिश्तेदार कहता है। कुछ भी हो, उसके मकान का नाम 'रवीन्द्र कुंज' और स्टूडियो का नाम 'कपालकुंडला' और साइकिल का नाम है 'धर्मेन्दर'।

शोभन ने ही धर्मराज के मेले में रतन से कहा था, "इस बार सभी राजा हो जाएँगे। जमीन मिलेगी।"

रतन ने कहा, "सिर्फ जमीन? घरद्वार, खलिहान, बगीचा, गाय, गोरू वगैरह नहीं मिलेगा?"

"नहीं मिलेगा मतलब, जरूर मिलेगा। इस बार सभी सालों की बेनामी जमीनों को खास करेगी सरकार और बाँट देगी तुम लोगों को। और जितने लोग बर्गा करते हैं, सभी का नाम रिकॉर्ड होगा। लो, हटो अब, मैं जरा दण्डवत करूँ।"

शोभन षड़ंगी साल-दर-साल धर्मराज के सामने आकर, खम्भा घेरकर दण्डी काट-काट कर दण्डवत करता है। उसके बाद ठाकुर उस पर सवार होता है और बाल खोलकर नाचता है। और, उस समय वह बहुत तरह की ज्ञान की बातें करता है।

शोभन षड़ंगी के कहने से रतन जैसे लोग उस प्रसंग को उतना महत्त्व नहीं देते। मगर हाट-बाजार-सड़क—सभी जगह बात धीरे-धीरे सुनाई पड़ने लगी।

उसके बाद चरसा के जाने-पहचाने लोग आए—गौर, कदम और दीनू। उन्होंने कहा, ''जो सुना गया है, वह सच है।''

रतन-से लोग भला क्यों माने? घर जली हुई गाय है वह। उसे अच्छी तरह पता है कि जिसे देख वह डरता है वह लाल मेघ नहीं, आग है। रतन का जीवनदर्शन बहुत ही साफ है। खतरा देखने पर डरो। और जब देख रहे हो कि चारों ओर अच्छी-अच्छी तरह-तरह की हवाएँ बह रही हैं तो दुगुना डरो। अन्नहीन दुखी जिन्दगी में बड़ी विपत्तियाँ दोस्ती के लिबास में हाजिर होती हैं। अचानक सरकार गरीब-दुखियों के बारे में क्यों सोच रही है? जरूर कोई बम्बू आ रहा है।

कदम ने कहा, ''नहीं, नहीं। देखना न इस बार!''

''क्या दिखाओगे, बेटे? तुम लोग जो दिखाने जा रहे हो बार-बार, दिखा पा रहे हो क्या? नहीं दिखा पा रहे हो।''

''अरे, सारी जमीन निकलेगी।''

''कैसे?''

''तुम हम लोगों पर भरोसा रखते हो?''

''हाँ, रखता हूँ। तुम लोग तो सच्चे हो।'

''तभी समझो। हम लोग लिस्ट बनाएँगे।''

''हिसाब-किताब?''

क़ानूनगो हम लोगों की उम्र के लड़के हैं। उन्होंने कहा है, ''आप लोग बोलिए, कोई खतरा नहीं आएगा। मैं सरकार के रिकॉर्ड से सब निकाल लूँगा। सरकार की खास जमीन जो कोई भी गैरक़ानूनी ढंग से रखता है, वही जमीन मैं बाँट दूँगा। जहाँ बर्गा रखते हैं, उनका नाम रिकॉर्ड पर चढ़ा दूँगा।''

''खतरे की बात क्यों कही?''

''नहीं कहेगा?'' दीनू ने आग्रह से कहा, ''उन लोगों को खतरा है। वे इतने दिनों तक गैरक़ानूनी जमीन पर कब्जा रखता है, वह उसे छोड़ देगा? जोतदार किसी से भी नहीं डरता। इतने जमाने से नहीं डरा। इस बार समझेगा, हाँ! किसके साथ लड़ रहे हैं?''

कौन कितनी जमीन रख सकता है सिंचाई और गैर-सिंचाई इलाके में, रतन ने काली साँतरा से इस बारे में बहुत बार सुना है। काली साँतरा ने अपने अखबार के लिए बहुत सारे गाँवों को नापा था। रतन कहता था, ''तुम्हारा काम बालूचर में धान रोपने जैसा है। बहुत मेहनत करते हो, मगर फल कुछ नहीं होता।''

कालीबाबू उस समय कहता था, "होगा, होगा।"

"मेरे मरने पर?"

"अहा, तेभागा का किस्सा सुनो।"

"किस्सा सुनकर क्या करूँगा, बाबू? हमारे पेट का तो एक हिस्सा भी नहीं भरता!"

रतन ने अचानक कहा था, "सदर गाँव में तुम लोगों के मोतीबाबू के पास बेशुमार जमीन है। पाँच घर काउरा बर्गा करते हैं। वह जमीन भी खास होगी क्या? उसका बर्गा रिकॉर्ड होगा?"

गरीब किसान के लड़के गौर और कदम, बाबुओं के चरवाहे का लड़का दीनू चुप हो गए थे। उसके बाद दृढ़ विश्वास के साथ कहा, "जरूर होगा। होना ही पड़ेगा।"

"अच्छा, बहुत अच्छा।"

"ताऊजी! तुम्हें साथ-साथ रहना पड़ेगा।"

"क्यों?"

दीनू और उसके साथियों ने कहा था, "रतन के न रहने पर कोई बड़ा काम नहीं किया जाएगा।" क़ानूनगो अफसर, अजय मजूमदार ने अपने अनुभव की बात कही है। बर्गादार जमीन का मालिक होगा, यह क़ानून बहुत दिनों का है। मगर कभी भी उतनी कड़ाई से लागू नहीं किया गया। 1976 में किसी-किसी जगह क़ानून के मुताबिक काम करने पर बम्बू आया। उस वक्त तरह-तरह की असुविधाएँ दीख पड़ीं।

बर्गादार ही कहता कि वह बर्गा नहीं करता।

क्यों कहता?

उसे बचाने के लिए क़ानून है, यह बात कहकर कोई लाभ नहीं है। क्योंकि उसे लड़ना पड़ेगा जमीन के मालिक के साथ। जमीन के मालिक के चाहने पर हाईकोर्ट तक मुकदमा खिंच सकता है। बर्गादार के पास अमूमन मुन्सिफ की अदालत तक जाने का पैसा नहीं जुटता। कुछ क्षेत्रों में कोई-कोई काफी सम्पन्न लोग भी बर्गादार बन बैठे हैं। उन्हें पता है कि कभी-न-कभी वे जमीन के मालिक बनेंगे। ऐसे केस हालाँकि हजारों में नहीं हैं।

बर्गादार क्या अपना हित नहीं समझता? खूब समझता है। समझकर भी कहता है कि वह बर्गा नहीं करता।

क्योंकि बर्गादार को पता है कि सरकारी क़ानूनगो उसका नाम लिखाकर, क़ानून के मुताबिक भरोसा देकर भाग जाएगा। उसी समय उसे जमीन-मालिक

के गुस्से का सामना करना पड़ेगा। सारी जिन्दगी सूखे में, बाढ़-अकाल में जिससे उधार लेना पड़ता है, उसे नाराज करेगा? जिलाने से जीऊँ, मारने पर मरूँ, कमाल है भाई हरि!

इसी वजह से ही, सरकारी जमीन के गैरक़ानूनी भोक्ता होते हैं—जोतदार। उनके पंजे से जमीन निकालकर भूमिहीन को देने पर, परिणाम में वह भूमिहीन जोतदार के गुस्से में पड़ेगा।

असल में इतने दिनों तक, कोई भी भूमि-क़ानून लागू नहीं हुआ, उसकी वजह...?

उन सबको लागू करने का उत्तरदायित्व क़ानूनगो का है।

राजनीतिक दबदबे के कारण जोतदार लोग मन्त्री-न्यायाधीश-थाने को इस्तेमाल करते हैं। क़ानून को ठेंगा दिखाते हैं, क़ानूनगो की परवाह नहीं करते।

बर्गादार तथा खेत-मजूदरों के मन में डर एकदम गहरे घर कर गया है। इसीलिए उनमें भी आगे बढ़ आने का भरोसा नहीं। सरकारी क़ानून उन्हें नहीं बनाएगा, यह उन्हें खूब पता है। इसीलिए चुप रहते हैं और मार सहते हैं।

इस बार लग रहा है कि सरकार कुछ करना चाहती है। अच्छी बात है। अजय मजुमदार घूस नहीं लेता। काम वही देखेगा, अगर साथ में पार्टी के लड़के रहें। और, सबसे जरूरी यह आस्था लोगों के मन में जगाना है कि सरकार इस बार क़ानून लागू करेगी। प्राथमिक स्तर का काम है। लोगों की जिस पर आस्था है, ऐसा व्यक्ति अगर यह बात उन्हें समझाए तो बात बने।

उसके बाद अगर वास्तव में किसी धाकड़ व्यक्ति की बेनामी जमीन निकालकर लोगों में बाँट दी जाए और बहुत-से बर्गादारों के नाम रिकॉर्ड पर चढ़ा लिए जाएँ तो किला फतह समझो। तब पता चलेगा कि लोग सरकार पर आस्था रखते हैं। आगे बढ़कर नाम दर्ज करा रहे हैं।

ऐसी बहुत-सी बातें दीनू और उसके साथियों ने रतन से कहीं। अजय मजुमदार क्यों, उनके जैसे बहुत-से अच्छे सेटलमेंट क़ानूनगो, लॉ एक्युजिशन क़ानूनगो, जूनियर या जे.एल.आर.ओ.आदि—यानी 1968 के बाद से जिनकी नौकरी अलग-अलग स्तरों पर मिल-जुलकर एक सेवा में गिनी जा रही है, वे सभी खुश हुए।

इस बार लग रहा है, कुछ होगा।

इससे पहले किसी भी सरकार ने काम करना नहीं चाहा।

इस बार जोतदार लोग डरे हुए हैं।

इतने दिनों में पुराने अन्याय का फैसला होगा।

ऐसी तमाम बातें चल रही हैं, चलती रहती हैं। और पुराने दिनों के ऐसे तमाम पार्टी-कार्यकर्ता, तमाम भूले-बिसरे लोग इतने दिनों के बाद जाने कहाँ से आ धमके, जो इस जमाने में निष्क्रिय हो गए थे।

नगेन माइती भी आया जो चालीस के दशक के बाद काकद्वीप के आन्दोलन में गया था। आए शशि बेटा। वही जो तीसरे दशक से किसान आन्दोलन चला रहे हैं।

"क्यों रतन, पहचान रहे हो?"

"यह क्या, शशि बाबू? कहाँ रहे?"

"मर गया था, कह सकते हो। कितनी हँफनी चढ़ी है रे बाबा! समाचार सुना तो सोचा, जागुला जाते हुए चरसा हो आऊँ। रतन हुआ तो पहचान लेगा। वह नगेन को भी पकड़ लाया था। अकेला चल-फिर नहीं सकता, भैया।"

"जागुला क्यों जा रहे हो?"

दोनों को एक ही परेशानी है। मुँह खोल जरा साँस लेकर शशि बाबू ने कहा, "मेरा नाती, उसका लड़का, सब बर्गा करते हैं न? नाम रिकॉर्ड होगा, सुन रहा हूँ। इसीलिए सोचा कि चलकर जरा पता लगा आऊँ। होने पर जरा निश्चिन्त हो सकता हूँ। तीन-चार महीने का धान मिलेगा। बाकी महीने? जो मिले...।"

पुरानी बातें रतन के सीने में उफान मार रही थीं। यह सभी लोग किसी समय किसान सभा के स्तम्भ रहे हैं। पार्टी का नाम सभी लोग नहीं भुनाते। इन्होंने नहीं भुनाया। आज हक पाने के लिए जागुला जा रहे हैं।

रतन ने कहा था, "तुम लोगों के पेट में डोम का बहुत भात है। आज भी रहे। कल हाट जानेवाली गाड़ी पकड़वा दूँगा, चढ़कर चले जाना। आज रातभर यहीं रहो।"

भात, खेसारी दाल की चच्चड़ी, भुनी हुई मिर्च। भात खाकर शशि बाबू बहुत दिनों के बाद बर्गा रिकॉर्ड की सम्भावना से चिन्तामुक्त होकर तेभागा की बातें बता रहे थे। बोले, "यह बातें अब कोई नहीं कहता, भाई। और बर्गा की माँग पर जमीन का मालिक हल, बैल, खाद, बीज देने पर अधिया, न देने पर बारह आने और चार आने पर भी नहीं टिकता। कुछ भी नहीं देता, आधी फसल ले लेता है। इसीलिए तीन हिस्से का तेभागा कहाँ? आधा हिस्सा, दो-भागा है अब। चलो, यही सही। सोचा, यही देख जाऊँ।"

रतन ने कहा, "तुम लोग उस समय जो कुछ कहा करते थे कहा और बसाई जो सन्थाल विद्रोह की बातें करता था—वे सभी बातें अब किसे पता है? जागुल

में जात्रा देखकर लौटनेवाले लड़के कहते हैं, 'जानते हो रतन काका! सन्थाल लोग गोरों के साथ लड़े थे।' ''

''इसी तरह की बातें फैली थीं, बाबूजी! हर समय हम पेट के लिए भात, सिर के लिए तेल, शरीर ढाँपने के लिए कपड़ों की चिन्ता में डूबे रहते थे। मगर बर्गा-रिकॉर्ड के तामझाम में वे सभी चिन्ताएँ राख की तरह कहीं उड़ गई थीं। हम सोचते थे कि हमारी जो मर्यादा है, उस आत्म-मर्यादा को जगाने की कोशिश ही तो सभी सच्चे कार्यकर्ता कर रहे हैं। उस समय उसी मर्यादा का स्मरण कराने के लिए हमारी जानी-पहचानी लड़ाइयों की चर्चा की जाती थी। बसाई लड़ा था, खेत-मजदूरों पर जुल्म का बदला लेने के लिए। उसने कहा था, 'बर्गादारी की लड़ाई में तेभागा में खेत-मजदूरों ने अपना खून दिया है।' हम लोगों ने सोचा कि आज अगर बर्गादार को न्याय मिला तो कल खेत-मजदूर को मिलेगा।''

इस आस्था से ही रतन आगे बढ़ा था। दिलीप सोरेन और उद्धव काउरा से भी उसने पूछा था। उसने कहा था, ''दीनू, कदम, गौर, रजत सभी निहायत ही सच्चे लड़के हैं। ये लोग तुम लोगों से जो कुछ कह रहे हैं, वैसा अगर हुआ तो बहुत अच्छा रहेगा, हम लोग मदद करेंगे।''

उन्होंने मदद की थी। दिलीप अपनी साइकिल पर रतन को लेकर कितना घूमा था! रतन को ले गया था दिलीप, और दीनू तथा उसके साथी साथ-साथ घूमे थे।

''इन्द्र बाबू! सुना आपने? दिलीप सोरेन और उद्धव काउरा ने तुम लोगों के देहात के स्तर के किसान कार्यकर्ताओं के साथ कन्धे-से-कन्धा मिलाकर बर्गादारों के मन में भरोसा जगाया है। सामन्त-बाबुओं ने मदद का हाथ पहले ही झटके में हटा लिया था। उसके बाद नाम के आगे 'नक्सल' ठप्पा लगा दिया। गौर किया आपने?''

''चरसा में रोतोनि साऊ खेत-मजदूरों से खेती कराते थे। हम लोग भी करते हैं। क्या मिलता है, यह मत पूछो। मगर भूषण हाँसदा, चिकू हाँसदा, ब्रज काउरा, उत्सव काउरा बर्गा खेती करते हैं। उनके बापों ने भी यही काम किया है, वे भी करते हैं। जमीन? चार बर्गादार, तीन हिस्सों में। परिमाण बारह बीघे, तीन हाथ, सात अँगुल। लिखा-पढ़ी पक्की की हुई है। इनमें अब गलती नहीं होती।''

रोतोनि अब बड़ी जमीनों का मालिक है। बाकुली का जोतदार सूर्य साऊ उसका बड़ा भाई था। सूर्य साऊ को बसाई-लोगों ने काट डाला था। सूर्य की पत्नी-बच्चे अब सदर शहर में रहते थे। 'सूर्य बस सर्विस' की तीन बसें चलती हैं, पेट्रोल पम्प है। वे लोग जोत-जमीन की आमदनी लेते हैं, मगर देखभाल नहीं

करते। फलस्वरूप रोतोनि ही सर्वेसर्वा हैं।

अजय मजुमदार ने चरसा की इस जमीन पर बर्गा रिकॉर्ड करने का इन्तजाम किया। उसने कहा था, ''रोतोनि चूँकि बड़ा जोतदार है, इसीलिए उसकी जमीन पर बटाईदार दर्ज होने पर लोगों के मन में यह बात प्रेरणा का काम करेगी। अजय खुद भी दीनू की पार्टी का समर्थक है।'' फिर उसने बात आगे बढ़ाई, ''चरसा गाँव को लेकर बहुत बातें हुई हैं। वहाँ के निवासी समझते हैं कि पार्टी की निगाह में वे लोग अभी भी विश्वास के काबिल नहीं हैं।

''वैसे माहौल अच्छा नहीं है। इसीलिए चरसा की मामूली जमीनें भी उनके नाम चढ़ गईं तो चरसा के लोगों के मन में प्रशासन के प्रति आस्था लौटेगी। बहुत ही गरीब, बहुत ही उपेक्षित गाँव है। इस सरकार ने भी चरसा-निवासियों की विविध समस्याओं के समाधान की कोशिश नहीं की। केवल नए पुलिस-थाने के मातहत लाया गया है इस गाँव को।''

रतन ने कहा, ''ठीक है। वैसा ही करो, बाबू। अपनी आँखों से देख तो लूँ। सन्थाल और काउरा लोगों को जब पता चलेगा कि जमीन पर उनका हक हो गया है तो उस समय उनकी छाती चौड़ी हो जाएगी। यह काम तुम जरूर करो, बाबू! उनकी फैली हुई छातियाँ जरा अपनी आँखों से देख तो लूँ।''

और इन जमीनों के विषय में अध्ययन-अनुसन्धान करते हुए अजय मजुमदार ने एक आश्चर्यजनक सच्चाई का सामना किया।

वह जब अपनी खोज में जुटा हुआ था तो उस समय रोतोनि का गुमाश्ता भूषण, चिकू, ब्रज और उत्सव आदि कई लोगों को आगाह कर गया, ''तुम लोग बर्गा करते हो, रिकॉर्ड में दर्ज है यह सब?''

''बाबू ने रसीद नहीं दी?''

''रसीद दी है क्या?''

''क्या कहते हैं? तुमने रसीद दी है। तुम जब कचहरी लगाते हो, धान तोलते हो तो रसीद देते हो!''

''उस रसीद से कोर्ट-कचहरी करके दखल लेगा?''

''सरकार कब्जा दिलाएगी।''

''तुम लोग कुछ नहीं समझे। खेत जोतने से कब्जा होता है? कब से? फिर तो बाबू लोग साल-दर-साल इतने बर्गाओं को क्यों उजाड़ते? नहीं उजाड़ा? उस समय कौन-सी सरकार ने आकर उन लोगों को बचाया? वे अब भी खेत-मजदूर नहीं बने हुए हैं क्या?''

गुमाश्ता चला जाता है। जाने से पहले कह जाता है कि, ''साऊ बाबू-मालिक

हैं। वे देवता हैं। धान निकाल देता है, रुपए कर्ज देता है। कौन-सा मालिक ऐसा है? मैं तुम लोगों की भलाई के लिए कहता हूँ। जमीन-मालिक के साथ झगड़ा करके कोई नहीं टिक सकता। बात जरा सोचकर देखना।''

भूषण और उसके साथी तभी रतन के पास आए। रतन गम्भीर हो गया। हाँ, गुमाश्ते की बात में कड़वी सच्चाई है। भूमि-सुधार क़ानून की उम्र बहुत है, क़ानून उस ढंग से कभी भी लागू नहीं हुआ। मगर मालिकों का गुट बता रहा है कि कहीं लागू न हो जाए, कहीं बटाईदार जमीन पर कब्जा न कर बैठे। चरसा की जमीन उपजाऊ है। सूर्य साऊ ने इसीलिए चरसा की जोत से बटाईदारों को धीरे-धीरे कई सालों में उजाड़ा है। जोत के समय ही आदमी लगाना ज्यादा बुद्धिमानी का काम है।

बाकुली उसका गढ़ है। वहाँ भी माहिन्दारा, भतुआ, खेत-मजदूर अधिक हैं। चरसा बहुत दूर पर है। एक जमाने से बटाईदार ही आज तक यहाँ दिहाड़ी पर खेत जोतते हैं। सूर्य अगर जिन्दा रहता तो क्या भूषण वगैरह को उस मामूली-सी जमीन से उजाड़ता? सूर्य मर गया। रोतोनि ने इस गड़बड़ीवाली जगह को और नहीं कुरेदा।

रतन ने रजत को भूषण आदि की रसीदें दिखाईं। देखकर रजत का चेहरा तमतमा गया।

''यही रसीदें हैं?''

''जी हाँ। क्यों रजत? तुमने मुँह काला क्यों किया?''

''रतन चाचा के कहने पर।''

रजत का चेहरा जैसे टूटने लगा हो। ''रतन चाचा! इस जमीन में अगर मैंने बर्गा नहीं बैठाया तो मैं अपने बाप का बेटा नहीं। नाम बदल लूँगा या गाँव छोड़कर चला जाऊँगा। इसके भाई को काटा है, इसे भी काटने में कोई गुनाह नहीं है। बर्गा हड़पने के लिए रोतोनि साऊ ने चौथे कागज में रसीद दी है। लिखा है, उधार धान का चुकता पाया।''

''स–ब झूठ है।''

''इस रसीद की अदालत में कोई कीमत नहीं है, हालाँकि हम लोगों को जवाब जरूर देना पड़ेगा। मैं क़ानूनगो के पास जाऊँगा। सारा गाँव गवाह है। किसान सभा का कार्यकर्ता कहेगा कि यह लोग वाकई बर्गा करते हैं तो अदालत यह बात मान लेगी।''

दिलीप सोरेन ने कहा, ''गलत मत समझना भाई। रोतोनि की खूँटी में कितना जोर है, यह इसे जानकर आगे बढ़ते तो अच्छा रहता।''

"खूँटी में जोर? कहाँ?"

"इलाके के प्रशासन में।"

"कुछ नहीं है। गलत प्रचार मत करो, सोरेन। यह कौन-सी सरकार है? यह सरकार जोतदारों की मदद नहीं करती।'"

"देखो।"

"हाँ-हाँ, देखूँगा और दिखा भी दूँगा।"

रजत और उसके साथी पहले अजय के पास गए। सेटलमेण्ट दफ्तर में अजय ने जो कुछ कहा, उससे उनका सीना दस हाथ चौड़ा हो गया।

अजय उस समय एक अजीब-सी खोज की आग में जल रहा था। उसने कहा, "बर्गा रिकॉर्ड? यह नक्शा देखिए। ठीक तरह से कार्रवाई की गई तो इन तमाम जगहों पर इन्हें जमीन का मालिक बना दिया जाएगा। कम-से-कम चौदह-पन्द्रह परिवारों को जमीन मिलेगी।"

"क्या कह रहे हैं?"

"इस सारे भूखण्ड पर सरकार का स्वामित्व है। पुराना नक्शा देखकर पता चला है यह। यह जगह किसी की नहीं है। चरसा नदी के पीछे हट जाने से यह जमीन निकली है। नदी या सागर के हट जाने से जो जमीन निकलती है, वह सरकार की होती है, खास जमीन। खास सरकारी जमीन गैरक़ानूनी कब्जे में रखना क़ानूनन जुर्म है। लेकिन इस तरह की खास जमीनें जनता में बँट सकती हैं। इसी में उन चार आदमियों की जमीनें भी आ रही हैं।"

"फिर?"

"नाप-जोख होगी पहले।"

रतन ने कहा, "उसने नापने दी?"

"नहीं, नाप-जोख में कोई बाधा नहीं आई। रोतिनि साऊ ने कहीं और से बटन दबाना शुरू किया। वह बड़ा जोतदार है। शहर के तीन वकीलों से उसका याराना है। कलकत्ते के वकील ने हाईकोर्ट में केस किया। चतुर रोतोनि केस चलते समय पास-पड़ोस कहीं नहीं गया।"

मन में गहरा दुख लिए वह मोतीबाबू के पास गया। सामन्त नहीं है, नवीनबाबू और मोतीबाबू हैं। रुलाई दबाकर, लम्बी-लम्बी साँसें खींचकर उसने बातें की। धर्म-राज्य में रह रहा है रोतोनि। बाढ़ के समय पार्टी फण्ड में खुलकर चन्दा दिया है। बसें भी दी थीं, पीड़ितों को निरापद जगहों पर पहुँचाने के लिए। यह तो उसने निःस्वार्थ भाव से किया है। धर्म-राज्य में रहकर क्या यह सब नहीं करेगा?

मगर बदले में उसने क्या कुछ पाया या पा सकता है? बड़े भाई की मौत का दुख वह पिछले पाँच सालों से नहीं भूला। इसीलिए जमीन-जायदाद के मामले को वह अच्छी तरह समझ नहीं पाया। वैसे भी यह मामले वह नहीं समझता। मगर इतना वह जानता है कि चरसा में उसका कोई बर्गादार नहीं है। जमीन की खड़ी सीमा? साफ उसी के नाम चढ़ी है। पार्टी के लड़के उसके पीछे क्यों पड़े हुए हैं?

नहीं, पार्टी के लड़के बहुत अच्छे हैं। मगर नक्सली दिलीप सोरेन, उद्धव काउरा और रतन डोम कोंचने से उकसाने पर रोतोनि की जमीन पर फर्जी बर्गादार रिकॉर्ड करा रहे हैं। उसका क्या होगा? रोतोनि के पास थोड़ी ज्यादा जमीन तो जरूर है। उसे वह झट से अपने नाम कराकर उसमें बर्गादारों का नाम रिकॉर्ड कराना चाहता है। बोला, "थोड़ी-सी।" मगर जमीन कम नहीं है। फिर भी सौ बीघे तो होगी ही। यह भूखण्ड बाकुली में है।

अजय की इस ईजाद के घोषित होते ही रोतोनि की दौड़-धूप शुरू हुई। साथ ही रजत और उसके साथी जमीन के मालिकों के नामों की सूची बनाने लगे। उस समय सामन्त ने एक बड़ा काम किया। शहर के धाकड़ वकीलों को लेकर उसने एक पैनल बनाया। ऑपरेशन-बर्गा से जुड़ी तमाम क़ानूनी छानबीन का काम यह लोग करेंगे। सुकुल साँतरा से कहा, "आप पैनल के मुखिया हैं। आप जहाँ होंगे, वहाँ गरीब बर्गादार को न्याय मिलेगा।"

अजय की नाप-जोख में चरसा में पचहत्तर बीघे, तेरह कट्ठे, तीन घुमाऊँ, तीन कनाल और सत्रह हाथ जमीन निकल आई नक्शे पर। इस पूरी जमीन पर रजत और साथियों ने पार्टी का झण्डा गाड़ दिया और सन्थाल पाड़े से औरत-मर्द, डोम, काउरा—सभी लोग खुशी-खुशी यह दृश्य देखने आए। रजत, दीनू, गौर और कदम के चेहरों पर उल्लास की चमक देखने लायक थी। रजत ने कहा, "यह सारी जमीन तुम लोगों को मिलेगी।"

ऐन उसी वक्त रोतोनि की अर्जी पर पुलिस आ गई। पुलिस ने झण्डे को हाथ नहीं लगाया। मगर थाने में जाकर पता चला कि अभी इस जमीन को लेकर कुछ किया नहीं जा सकता।

"क्यों?"

लफंगे चेहरे के दारोगा ने गहरी अनास्था से सन्थालों के काले-काले पसीने से चिपचिपे चेहरों की ओर देखा और मौखिक परीक्षा में जवाब देने के तर्ज पर सुरीली आवाज में चिल्लाकर बोलने लगा, "इस जमीन में बखेड़ा है। तुम लोग अभी अपने-अपने घर चले जाओ।"

कदम ने पुलिस को धमकाया, लेकिन दारोगा ने एक ही सुर में कहा, "मुझ पर गुस्सा मत होइए। मैं ड्यूटी के अलावा कुछ नहीं कर रहा हूँ।"

घटना की रिपोर्ट पार्टी-स्तर पर मोतीबाबू से की गई तो उन्होंने देखा कि सूची से रामेश्वर भुईयाँ और रोतोनि साऊ का नाम हट गया है।

"इसका क्या मतलब है, मोती दा?"

"किसका मतलब?"

"इलाके में सबसे अधिक जमीन जिन लोगों की है, उनका नाम क्यों हटा दिया?"

"बर्गा रिकॉर्ड नहीं होगा?"

"होगा, जरूर होगा।"

"पुलिस क्यों गई थी?"

"जमीन में झण्डा क्यों गाड़ा गया था?"

"क़ानूनन जमीन हमारी है।"

"उसे अदालत देखेगी।"

"नेतृत्व के स्तर पर आप लोग यह सब क्या कर रहे हैं? उन्हें सिर क्यों चढ़ा रहे हैं?"

"सिर चढ़ा रहा हूँ?"

"इससे तो यही मतलब निकलता है।"

"जरा रुको, कदम। यह जमाना नक्सल का नहीं है। क़ानून के साथ हठधर्मिता नहीं चलेगी।"

"असली काम करने के लिए कहो तो कहते हो कि नक्सली हठधर्मिता कर रहा हूँ। नहीं, नक्सली-हठधर्मिता नहीं कर रहा हूँ। पार्टी के लड़के के नाते जनता के प्रति क्या हमारा कोई दायित्व नहीं है? काम करके ही उस दायित्व का प्रमाण सामने नहीं रखना पड़ेगा क्या?"

जाओ, रोतोनि के पास जाओ। बातचीत करके देखो।"

"वह हमारे पास आए। हम लोग नहीं जाएँगे।"

"वह क्या कह रहा है, जानते हो? बर्गादार अदालत में प्रमाणित करें कि वे बर्गादार हैं। मैं भी अदालत में प्रमाणित करूँगा कि उस जमीन पर मेरी भोग-दखल का अधिकार है।"

क़ानूनगो दफ़्तर की कोई बात रोतोनि ने नहीं मानी। तभी वे लोग सुकुल साँतरा के पास गए। क़ानूनी सहायता कमेटी का काम सुकुल बाबू ने बहुत ही जोर-शोर के साथ शुरू किया था। उन्होंने ध्यान से सारा केस सुना और कहा

कि, "इस केस को तरतीब से तैयार करना पड़ेगा। जो लोग वास्तव में बर्गादार हैं, उन्हें गवाहों की मदद से खड़ा करना पड़ेगा, रसीद तो फ़र्ज़ी है। बेनामी जमीन को जबरन दखल किए हुए हैं जोतदार। ऐसी जमीनों को खास करते वक्त सरकार जोत-मालिक को ही मुआवजा क्यों देती है? चोरी भी करेगा और मुआवजा भी लेगा? ऐसी ज़मीनों के लिए अलग से केस करना होगा।"

"डिक्री मिलेगी? इज़्ज़त की लड़ाई है।"

"अवश्य मिलेगी।"

केस की तैयारी चलने लगी। उसके बाद एक दिन पता चला कि सुकुल बाबू ने सामन्त और मोतीबाबू से गाली-गलौज करके कमेटी छोड़ दी है।

रोतोनि साऊ ने अपनी जमीनें अपने नाम चढ़वा ली हैं और चार लाख रुपए मुआवजा भी वसूल कर लिया है और अपने महिन्दाराना नौकर के नाम बर्गा भी रिकार्ड कराया है। सुनकर शहर के सभी लोग चौंक गए। जमीन भी बनी रही, क्योंकि बर्गा ही फ़र्ज़ी है। सब उसी के मोहताज हैं। फिर मुआवजे का रुपया भी आया।

मोतीबाबू और उनके साथियों ने इस घटना को ऑपरेशन-बर्गा की कर्मसूची तैयार करने की दिशा में एक महत्त्वपूर्ण कदम बताया।

अजय का तबादला हो गया। सरकारी जमीन रोतोनि के दखल में ही रही। भूषण हाँसदा, चिकू हाँसदा, ब्रज काउरा तथा उत्सव काउरा बर्गा-अधिकार से उजाड़ दिए गए और वे खेत-मजदूर बन गए।

रतन से रजत और उसके साथियों ने माफी माँगी थी। पार्टी के लिए जनमे सच्चे कैडर सच्चाइयों के नाम पर पार्टी के लिए जान दे सकते हैं। लेकिन अगर नेतृत्व दुमुँहा नीति अपनाए तो उसके साथ नहीं लड़ सकते।

रतन ने भूषण और उसके साथियों से माफी माँगी।

शशि बेटा ने कहा था कि पार्टी नेतृत्व की इस बेईमानी के कारण पार्टी गच्चा खाएगी। कैडरों का मनोबल टूट जाएगा।

"इन्द्र बाबू, रतन ने सभी बातें तुम्हें बता दी हैं। अब बताओ, तुम कैसे काम करोगे? कोई तुम्हें काम नहीं करने देगा। ऑपरेशन-बर्गा में शायद कुछ लोगों के नाम रिकार्ड हुए हैं। मगर रोतोनि और रामेश्वर—पार्टी के दो मददगार फिसलकर निकल गए हैं। उनकी जमीन पर बर्गा रिकार्ड नहीं हुआ।"

"इन तमाम चीजों की व्यवस्था कौन कर रहा है?"

बातें सुनते-सुनते इन्द्र ने मन-ही-मन सब-कुछ तय कर लिया। बोला, "तुम लेट जाओ रतन-दा, मैं भी लेटूँगा।"

"कुछ समझे आप, समझे कुछ?"

"बहुत-सी बातें साफ हो रही हैं धीरे-धीरे।"

"यह क़ानूनगो बहुत चिल्लाता है, लेकिन है सच्चा लड़का।"

रतन ने कहा, "दीनू ने भी आपसे कहा था कि सभी खबरें क़ानूनगो के पास हैं। मगर कुछ अप्रिय घटनाओं के बाद क़ानूनगो जैसे अफ़सर भी घबरा गए। वे लोग काम करते हैं, लेकिन उन पर हमला होने की स्थिति में उन्हें बचानेवाला कोई नहीं।"

"क़ानूनन जिला न्यायाधीश से मदद मिलनी चाहिए। जाने क्यों ऐसा नहीं होता?"

नये क़ानूनगो तुषार पात्र ने कहा, "बहुत ही मुश्किल काम है यह, जानते हैं? सब कर सकता हूँ, लेकिन कहीं एक शीशे की दीवार है, उसे नहीं तोड़ पाता। इसीलिए लगता है...।"

"क्या?"

"ऑपरेशन-बर्गा सफल हो, यह क्या कोई चाहता है! अगर चाहते होते तो बाधाओं को मजबूत हाथों से हटाया क्यों नहीं जा रहा है?"

तुषार पात्र ने कहा, "पहले सुन लीजिए। फिर समझिएगा। सुन रहे हैं...जब, ऐसी हालत में, मान लीजिए कि...सुन रहे हैं...न।"

"एक बात। ऑपरेशन-बर्गा का कुछ नहीं होगा, यह जानकर अगर काम करते जाएँ तो काम कैसे होगा?"

"सरकारी उपदेश दोहराए जाएँगे, और क्या?"

"कौन-से उपदेश हैं वे?"

"हैं, जरूर हैं। मन में आदर्शवाद, सत्यनिष्ठा, अजेय साहस होना चाहिए। क़ानूनगो क्या अरण्यदेव हैं? 'क' बाबू ने सरकारी जमीन खुद हड़पकर सन्थाल के नाम बर्गा लगा रखा है। क़ानूनगो ने उन सन्थालों को बर्गा रिकॉर्ड न होते हुए जमीन का मालिक बना देने का प्रयास किया, लेकिन पार्टी-लाइन आड़े आ गई?"

"वह तो बुरी तरह फँस गया होगा।"

"पार्टी के लोगों को भी पता चला। उसके बाद जमीन का कब्जा देते समय लड़कों ने 'क' बाबू के लोगों के साथ मिलकर क़ानूनगो को पीटा। हालाँकि यह कहानी नहीं है। सरकारी कर्मचारी होकर भी क़ानूनगो को पुलिस की मदद नहीं मिली। एस.डी.ओ. ने उसकी अर्जी दबा दी, हालाँकि यह भी कहानी नहीं है।"

"कहाँ क्या हुआ, आगे कहिए।"

"धीरे इन्द्रबाबू, धीरे। मैदान–जंगल–नदी किनारे इस काम के सिलसिले में चक्कर लगाऊँ और नौकरी करते हुए ज्यादा फड़फड़ाकर अपने को दिक्कत में डालूँ? आप क्या मुझे बचा पाएँगे?"

"सा–रा अनुभव यही है?"

"वह क्यों? छोटी, मझोली, कमजोर पार्टी होने पर बर्गा रिकॉर्ड हो रहा है। मगर छोटी जमीनों में बहुत बर्गा बैठाने पर न बटाईदार का फायदा है, न जोतदार का। वैसे बटाईदार खेत-मजदूर बनने के लिए मजबूर हैं।"

"मामला पेचीदा है।"

"जोतदार ने जमीन का दखल ले लिया, मुआवजा लिया, फर्जी बर्गा रिकॉर्ड कराया। असल में जोतदार ने जमीन बचा ली। रुपए लेकर बर्गादार–यानी सच्चे बर्गादारों को वंचित किया गया। कैसा लग रहा है यह सुनकर?"

"बहुत अच्छा।"

'क' बाबू ने ठीक बटन दबाया, इसीलिए उनकी बेनामी जमीन पर किसी ने हाथ नहीं मारा, बर्गा रिकॉर्ड नहीं हुआ। ठीक बटन नहीं दबा तो 'ख' बाबू की जमीन बेदखल हुई और बर्गा बना।

उसने इस तरह की कितनी ही घटनाएँ सुनाईं।

"जोतदार का डर इतना भयंकर है कि क़ानूनगो को पता है, 'ग' बाबू बर्गा रखते हैं, फिर भी सेटलमेण्ट में बर्गा नहीं दिखा सका। लिहाजा मौके पर जमीन पर हाजिर हुआ, बर्गादार को बहुत समझाया। उसके बाद भी जोतदार की धमकी पर सभी लोग खड़े हुए। क़ानूनगो बेवकूफ बनकर लौट गया। जरा इस दृश्य की कल्पना कीजिए...क़ानूनगो पैदल आ रहा है, बर्गादार हवा हो गया।"

"यह डर तोड़ना ही पड़ेगा।"

"कौन तोड़ेगा, मैं? मेरे बाजुओं का मांस देखा है? पेंसिल की तरह है। डर कैसे तोड़ूँगा, मैं खुद ही डरपोक आदमी हूँ! भूत का डर, पत्नी का डर, कैंसर का डर, एन्सीफेलाइटिस का डर...हँसिए मत। एक क़ानूनगो अफसर के लिए डर-भय की सीमा तोड़कर बर्गादार के मन से जोतदार का डर दूर करना क्या सम्भव है?"

"कहते जाइए।"

"मान लीजिए कोशिश करके 'अ' बाबू, या 'अ' से 'औ' तक सभी लोगों ने कोशिश की, जी-जान से कोशिश की, फिर भी 'च' से 'ह' को निःशंक नहीं बना सके। 'अ' से 'औ' जब 'च' से 'ह' को प्रेरित करता है तो उस समय यह नहीं कहता कि भूलना मत एक दिन तुमने तेभागा किया था।' क़ानून का मामला

बार-बार समझाता है। उसके बाद भी 'च' से 'ह' काफी भरोसा नहीं जुटा पाते। क्यों?''

''समझ रहा हूँ।''

'' 'क' से 'ङ' तक जमीन-मालिक, दूर-दूर गाँव में वाकई इतना शक्तिशाली है कि 'च' से 'ह' मन ही मन सोचते हैं कि 'अ' और 'औ' बाबू लोग तो सरकारी काम पूरा करके चले जाएँगे। उसके बाद? बाबुओं के गुस्से से हमें कौन बचाएगा?''

''और भी बातें हैं क्या?''

''हैं, हैं, बहुत हैं। कितनी कहूँ? सारी न भी कहूँ तो क्या? सबसे आखिर में अनेक बर्गादारों की बातें याद आ रही हैं। बहुत ही विचित्र मामला है। रिपोर्ट में इसका उल्लेख होना चाहिए। लेकिन नहीं पता कि होगा या नहीं।''

''क्या?''

''कई क्षेत्रों में बर्गादार भी प्रभावशाली हैं यानी उनकी खुद की भी जमीनें हैं, व्यापार है, आँखों पर काले चश्मे तथा बदन पर टेरिलीन के कुरते हैं। फिर भी जाने कैसे इन्होंने बहुत-सी जमीनों पर बर्गादार के तौर पर अपने नाम रिकॉर्ड कराए हुए हैं। एक आदमी दस लोगों की बर्गादारी जमीन में बर्गादार के तौर पर खेती करेगा नहीं। मजदूर रखकर यह लोग काम करा रहे हैं।''

''ऐसा कैसे हो सकता है?''

''यही तो असली सवाल है।''

''कैसे इसे जड़ से उखाड़ा जाएगा?''

''मेरा खयाल है कि जब यह कार्यक्रम हाथ में लिया गया था तो उस समय इन सब बातों का खयाल रखा गया होगा। मगर हमारे मुल्क में भूमि-व्यवस्था में बर्गादारी रिकॉर्ड कराने का मतलब आगे चलकर क्या होगा, समझा नहीं जा सका था।''

''तुषार बाबू, अभी तक आपने बातें काफी खुल्लमखुल्ला की हैं। अब अचानक झिझक कैसी?''

''नहीं, झिझक किस बात की?''

''डर रहे हो?''

''डर? आपसे? क्यों, आपसे क्यों डरूँगा? आप तो हमारे ससुराल के रिश्ते के हो—हमारे परिवार के हो। नहीं जानता कि इसे कुटुम्ब कहा जा सकता है या नहीं। शायद पार्टी-कुटुम्ब कह सकते हैं।''

दीनू ने कहा, ''नगेन माइती के भाई की लड़की इनकी पत्नी हैं, इन्द्र-दा।''

"समझा।"

तुषार कह रहा था, "हमारे मुल्क में अब तक अनेक भूमि-सुधार क़ानून बने हैं, लेकिन जमीन मालिकों के हितों को चोट नहीं पहुँची। 'ऑपरेशन-बर्गा' कामयाब हो सकता है, अगर वाकई बेनामी जमीनों का पता चलाया जाए, निहायत ही न्यायसंगत दृढ़ता के साथ असली बर्गादार का नाम रिकॉर्ड किया जाए, खास जमीनों को गैरक़ानूनी कब्जे से निकालकर बाँट दिया जाए। हर जिले में इस तरह काम करने से लोगों के मन में आस्था जगेगी, उनसे सहयोग मिलेगा। अधिक नहीं, केवल बड़े दस लोगों की जमीनों को लेकर ऐसी कार्रवाई की जाए तो जबरदस्त काम बन जाए। मौजूदा ढाँचे को अक्षुण्ण रखकर भी ऐसा किया जा सकता है, समझे?"

"समझूँगा क्यों नहीं?"

"ऑपरेशन-बर्गा इस तरह भी चलता रहे तो बड़ी जमीन के कुछ मालिकों के हितों को चोट नहीं पहुँचती। बेशक लाभ का हिस्सा कम होता है। भूमिहीन बर्गादार को जमीन पर अधिकार मिलेगा, यह बात हवा में फैलते ही जमीनें हाथ बदल रही हैं। जमीन की देखभाल करने के बजाय किरासिन के डिपो और पेट्रोल पम्पों का मालिक होना अधिक लाभदायक है। और क्या जानते हैं आप? जिन लोगों के पास पहले से जमीनें हैं, उनके पास आज भी जमीनें हैं। वही बेनामी जमीनें भी रखे हुए हैं। आज भी खास जमीनों को वही भोग रहे हैं। उनके हितों पर कभी भी आँच नहीं आएगी। फिर देखिए, 'ऑपरेशन-बर्गा' का जितना प्रचार है, उतना काम हो रहा है या नहीं? यही सवाल बार-बार मन में उठता है। उस समय लगता है कि हम लोग भ्रष्ट नौकरशाही के बदनाम सदस्य हैं। सभी तरह की सरकारी व्यवस्थाओं से बचकर चलना ही हमारा काम है। क्यों, जानते हैं? क्यों, कहिए तो?"

"वाह, मैं तो श्रोता हूँ।"

"मगर आपकी गतिविधियाँ देखकर हम लोगों की भी धारणा बनती जाती है कि क़ानून बनाया गया है और हम लोगों से क़ानून के मुताबिक काम करने के लिए कहा गया है, लेकिन ऐसा करने की इच्छा किसी में नहीं जागती।"

"कोई भी ऐसा नहीं चाहता?"

"नहीं जनाब! 1950 में क़ानून के मुताबिक चलने के चक्कर में पी.डब्ल्यू. डी. इंस्पेक्टर सुमोहन पात्र नौकरी से हाथ धो बैठे थे। और अभी उस दिन मेरा बिरादरी भाई अजय मजुमदार का, क़ानूनी हवाला देने के कारण चक्कर में आकर तबादला हुआ है।"

"मतलब क्या निकला, तुषार बाबू?"

"कुल जमा?"

"हाँ, कुल जमा।"

"बड़े जोतदार, बड़े किसान, किसके बदन पर कितनी चोट लगी है, पता लगेगा इस बर्गा अभियान में? किनका नाम रिकॉर्ड होगा, किनका नाम रिकॉर्ड नहीं होगा? देवी-देवता, मृत प्रपितामह, गाय-बकरी, कुत्ते-बिल्ली के नाम बेनामी जमीन रखकर भूमि की निर्धारित सीमा के बाहर जमीन रखने का धन्धा कितने दिन तक चलता रहेगा?"

"बर्गा के बाद कितनी मदद की व्यवस्था हो रही है?"

"बैंक से उधार देना, ब्लॉक कार्यालय से बीज-खाद देना तो है ही इसमें। हम लोगों का राष्ट्रीय चरित्र-गुण है ही ऐसा कि हम सब गुड़-गोबर कर देंगे। उधार लूँगा, लेकिन चुकता नहीं करूँगा। ऋण के मामले में तेल लगे सिर पर तेल डालूँगा, रूखा सिर सूखा रखूँगा। और बीज-खाद शुरुआती दौर में निश्चित कोटे से कम दूँगा। दूसरे स्तर पर आदमी के सिर पर हाथ फेरकर, कम दाम देकर नकद पैसे से बीज खाद खरीद लूँगा! हे भारतवासियो, मत भूलो कि चोरी–जालसाजी–ठगी–उठाईगीरी और गरीबों को ठगना तुम्हारी महान परम्परा है। लीजिए, चाय पीजिए। चाय आई है। गाना सुनिएगा, गाना? मेरे पास बैटरी का रिकॉर्डप्लेयर है।"

"गाना सुनूँ?"

"क्यों? गाना सुनने में क्या गुनाह है? जासूसी उपन्यास और हिन्दी फिल्मों के गाने, मैं हमेशा साथ रखता हूँ। उड़ाई हुई जासूसी-कथा बंगला में पढ़ने के बजाय मूल अंग्रेजी में पढ़ना बेहतर है। और हिन्दी फिल्मी गाने तो जनगीत हैं। नाक-भौं क्यों सिकोड़ रहे हैं? अपसंस्कृति की बू आ रही है? चनाचूर खाइए।"

"वह अपसंस्कृति नहीं है?"

"नहीं नहीं, यह भी आपकी समझ का फेर है। मैं भी यही सोचता था। आप लोगों के युवा नेता सात्यकि मिश्र की मैं कभी बहुत इज्जत करता था। अपसंस्कृति के बारे में उसने बहुत-सी बातें बताई थीं। मैंने सुनी थीं। उसके बाद एक दिन पता चला कि 'शोले' फिल्म का वह बहुत बड़ा पृष्ठपोषक है। अकसर वही फिल्म देखता रहता है। उस बारे में पूछने पर वह अमजद खान की तरह हँस पड़ा। मैं चला आया। 'शोले' फिल्म इक्कीस बार देखकर अगर वह अपसंस्कृति के खिलाफ बोल सकता है–तो मैं क्यों नहीं फिल्मी गाना सुनूँ? चल रहे हैं क्या?"

"आप इतना बकते हैं सिरदर्द होने लगता है।"

तुषार पात्र मुरझा गया। कहने लगा, ''बहुत बकता हूँ न! आदत में सन्तुलन नाम का तत्त्व नहीं है न। अरबी-उरबी खाकर पेट भरता हूँ। घर जाने पर तीन दिनों में ही गपागप एक महीने का खाना खा जाता हूँ। फिर बीमार पड़ता हूँ। बातें करने को आदमी ही नहीं मिलता। मिलते ही इतना बकता हूँ कि डरा देता हूँ। आप नाराज मत होइए।

''नहीं, नाराज नहीं हूँ।''

''फिर?''

इन्द्र समझ गया कि तुषार पात्र बहुत ही बुद्धिमान और चुस्त लड़का है। वह खुद कुछ नहीं कहेगा, लेकिन अपनी बात इन्द्र से कहलाना चाहता है। बहुत खूब। शाबाश! हाँ, ऐसे दाँव-पेंच इन्द्र को पसन्द हैं।

''आप एक काम कीजिए। काम बाकुली से शुरू हो। बाकुली में कितने लोग मिले हैं?''

'''च' से 'ह'।''

''बर्गादार? साऽऽरे खेत-मजदूर हैं। सिर्फ हारान माझी और लबन माझी बर्गा करते हैं। सूर्य साऊ के लड़के महावीर की जमीन। महावीर साऊ। मगर वह तो रोतोनि के साम्राज्य में है।''

''वह शायद यहीं होगा, चलिए।''

''आप तो चरसा जाएँगे?''

''हम चरसा से लौटकर आ रहे हैं।''

चरसा की ओर बढ़ते हुए दीनू, रजत, गौर और कदम ने कहा था, ''यह बहुत अच्छा रहेगा, इन्द्र-दा। तरह-तरह की दिक्कतों के कारण हम भी फजीहत में पड़े हैं। यह काम होने पर सब ठीक हो जाएगा।''

''अवश्य होगा। ऑपरेशन-बर्गा पार्टी का सिद्धान्त है, पार्टी का प्रोग्राम। हम इस प्रोग्राम को सफल बनाएँगे।''

''उद्धव और सोरेन ने अभी तक कोई अड़चन नहीं डाली। इन्द्र-दा, उन्हें खींचे तो वे हम लोगों के साथ मिल जाएँगे। आप क्या सोचते हैं इस बारे में? वैसे उन लोगों के बारे में क्या विचार है आपका?''

''इस बारे में अवश्य कोशिश करूँगा। पहले पता लगाना पड़ेगा कि वे अभी भी पहले जैसी राजनीति करते हैं या नहीं।''

''मन की बात कौन जाने? मगर असल में वे कुछ नहीं करते। बल्कि हम लोगों के सभी कामों में रतन चाचा को सोरेन ने आगे कर दिया है। रतन चाचा के लड़के के साथ वही सुलह करा रहा है।''

"पता है...रतन डोम, उद्धव काउरा, दिलीप सोरेन—चरसा में पाँव जमाने के लिए इन्हें साथ रखना पड़ेगा। यह लोग चरसा के अपने लोग हैं। हम लोग बाहरी हैं।"

चरसा में उनके साथ घुसते ही दिलीप सोरेन ने उन्हें खदेड़कर बाहर कर दिया। घटना काफी नाटकीय है।

वास्तव में इस तरह के नाटकीय प्रस्थान के लिए इन्द्र तैयार नहीं था। चरसा नदी, उस पार बालूचर और ऊबड़-खाबड़ झाँवा-पत्थरों के मैदान के बाद चरसा का जंगल। नदी-तट पर खेत-मैदानों में बसे चरसा गाँव को देखकर इन्द्र मुग्ध हो रहा था। हाँ, जैसे वह गाँव किसी तसवीर में उकेरा गया है। इसी नदी में से नहर निकाली जाएगी। उसमें से कई छोटी नहरें निकालकर नदी को बाम्भोनी नदी के साथ जोड़ दिया जाएगा। पानी, सिंचाई, मिट्टी का उपजाऊपन। चरसा नदी पर पुल। पुल हाई-वे में आ जाएगा। जंगल कट जाएगा। सामन्त कहता है कि आने-जाने की असुविधा के कारण इन सारी जगहों में आन्दोलन होते रहते हैं। जिन जगहों पर पहुँचा नहीं जा सकता वहाँ हाई-वे पकड़कर लाखों-लाख जमकर घुस पड़ो। आन्दोलन बन्द। आजकल सभी बढ़-बढ़कर थ्योरी क्यों देना चाहते हैं? सिद्धान्त?

यह सोचते-सोचते इन्द्र चरसा में घुसा। काफी देर चलता रहा। वह रतन का घर खोज रहा था। तभी विलाप का स्वर सुनाई पड़ा। आँखें खोलकर देखा—अरे सोना की माँ!

खटोले पर लिटाकर किसी को लाया जा रहा है। उसकी बगल में रोते हुए चल रहा है, एक समर्थ प्रौढ़। रतन गमछा हिलाते हुए प्रौढ़ को तेजी से डाँट रहा है।

फीके नीले रंग की एक गंजी तथा धोती पहने एक सन्थाल युवक उन्हें देख आगे आया और इन्द्र से कहने लगा, "इन्द्रबाबू! मैं सोरेन हूँ, दिलीप सोरेन। दीनू वगैरह के साथ आते देखकर पहचान गया हूँ। चलिए, जल्दी चलिए।"

"कहाँ?"

"मातंग डोम की जोरू के पेट में बच्चा था। वह गिर पड़ी थी। बेहोश हो गई है। चरसा ब्लॉक का अस्पताल जरा दूर है—बाम्भोनी गाँव में। आप साथ रहें तो उसे भर्ती कराने में सुविधा रहेगी। डॉक्टर से मेरी खास पटरी नहीं बैठती।"

इन्द्र ने कहा, "चलिए। दीनू, कदम! आप लोग भी आइए। रोगी की गरदन हिलडुल रही है। खटोला लेकर दौड़ना पड़ेगा। रजत, तुम आगे आ जाओ।"

सोरेन ने उद्धव को पुकारा। बोला, "आप अपने झोले-बैग आदि सब इसे

दीजिए। उद्धव काउरा! ठीक से पकड़ो, भाइयो! हेई, दो आदमी दोनों ओर से सना की माँ को दबाकर रखो। हम लोग दौड़ते हुए चलेंगे। कहीं वह लुढ़क न जाए, गिर न जाए। चलो!''

वे लगभग दौड़ते हुए चले। खटोले में चटाई और उस पर कथरी बिछी हुई है। बेहोश औरत का शरीर चलने की ताल के साथ हिलता है। मछली की गन्ध। सोरेन ने कहा, ''खून रिस रहा है। लगता नहीं कि यह और...!''

चरसा ब्लॉक अस्पताल में छह बेड हैं। ग्यारह रोगी। डॉक्टर और नर्स दौड़े-दौड़े आए। डॉक्टर बोला, ''जागुला ले जाइए। यहाँ यह रोगी...।''

इन्द्र ने कहा, ''आज सम्भव नहीं है। अभी जो करना है, कीजिए। वह बाद में देखा जाएगा।''

दीनू ने कहा, ''यह हम लोगों के कामरेड हैं।''

सना की माँ को टेबुल पर लिटाया गया। सोरेन ने कहा, ''दवा-सूई अभी उसी दिन ही तो आई है, निकालिए।''

इन्द्र ने कहा, ''हाँ, जो है निकालिए। अभी अँधेरा हो जाएगा। स्टोव कहाँ है?''

रतन ने कहा, ''डॉक्टर के कमरे में...और कहाँ?''

स्टोव बाहर लाया गया। दीनू ने जलाया। सोरेन, कदम और उद्धव ने पानी गरम किया, औजारों को गरम पानी में उबाला गया। नर्स ने डॉक्टर की मदद की।

निहायत ही विचित्र परिवेश में जटिल अस्त्रोपचार पूरा होते-होते रात काफी हो गई। दस बजे के लगभग पसीने से तर डॉक्टर बाहर निकल आए। कहने लगे, ''बहुत जोखिम उठाया है। आगे अब उसकी किस्मत।''

भोर के लगभग पता चला कि मातंग की जोरू इस बार बच गई। मातंग और एक आदमी को वहीं छोड़कर इन्द्र वगैरह चरसा वापस चले गए। सोरेन ने कहा, ''मेरे यहाँ चलिए, चाय पिलाऊँगा।''

गाढ़े लिकर की नमक की चाय। फरई दिलीप का घर छोटा है, मगर दुमंजिला। दिलीप ने कहा, ''सोना हो तो यहीं सो जाइए। ऊपर चले चलिए।''

मिट्टी की सीढ़ी चढ़कर इन्द्र दुमंजिले के कमरे में आया। फूस का छाजन। दीवार के दोनों ओर गोल खिड़कियाँ। फर्श पर, फूस के ऊपर खेस बिछा हुआ है। मिट्टी की सीढ़ी पर कई किताबें। 'घरेलू इलाज', 'जड़ी बूटियों के गुण', 'पालतू पशुओं की चिकित्सा', 'बाल-पोथी'। किताबें बार-बार इस्तेमाल होने से कटी-फटी और मैली पड़ गई हैं। साफ-सुथरा कमरा। फूस की गन्ध। इन्द्र सो गया।

नींद खुलने पर वह नीचे उतर आया। क्या वक्त ज्यादा हो गया है? घड़ी ने कहा—सवा दस। दीनू ने कहा, "चलिए, नहाएँगे तो?"

"सोरेन कहाँ है?"

"अस्पताल गया है। अभी आता होगा। आकर भात पकाएगा। रतन ने भी कहा है। वह कोंहड़ा लाने गया है।"

"सोरेन का यह घर बहुत खूबसूरत है।"

"ऊपर की मंजिल उसी ने बनाई है।"

यह घर सन्थाल बस्ती में है। तभी एक सन्थाल स्त्री चावल लेकर आती है और आँगन में रख जाती है। रतन एक मझोले आकार का कोंहड़ा ले आया। बोला, "घर में रखो। टट्टर डाल दो। उसके बाद नहा लो।"

इन्द्र ने कहा, "चावल और कोंहड़ा कितने का लाए, रतन-दा?"

"क्यों?"

"इनके पैसे न लेने पर नहीं खाऊँगा?"

"तो दे देना।"

सोरेन हल्दी, मिर्च और एक छोटी शीशी में तेल ले आया। पैसे की बात सुन सफेद दाँतों को बाहर निकालकर हँसा और कहने लगा, "जरूर दीजिए। चलिए, नहा लीजिए।"

"नहाने की इतनी जल्दी क्यों?"

"दिन चढ़ने पर गड़हे का पानी सूख जाएगा।"

"चैत से पहले ही?"

"हाँ, चैत से पहले ही।"

चरसा का सीना खोदकर पत्थर से पानी रोका गया है। शीशे की तरह निर्मल पानी। वह उसी में नहाया। लौटकर सोरेन ने भात चढ़ाया। कोंहड़ा काटा। उद्धव से बोला, "कोंहड़ा पकाने में नमक काम करेगा।" उसके बाद इन्द्र से कहने लगा, "अभी इसे उद्धव देखेगा। तुम जरा बैठो। 'तुम' कह रहा हूँ, अधिक देर तक 'आप' नहीं चला पाता।"

"बेझिझक कहो।"

"चलो, ऊपर बैठें।"

वे दोनों ऊपर आए। सोरेन ने अपने बालों पर यत्न के साथ कंघी की। पोंछकर कंघी रख दी। उसके बाद कहने लगा, "सोरेन और उद्धव—यानी हम लोगों के बारे में क्या जानना चाहते हो?"

"तुम कौन हो?"

"दिलीप सोरेन।"

"लिखाई-पढ़ाई कहाँ की है? बात करते हुए जुबान जरा भी नहीं अटकती। अपने समाज में नहीं रहे शायद?"

"लिखाई-पढ़ाई जागुला में, हॉस्टल में रहकर की है। स्कूल का नाम-पता दूँ? पता करोगे?"

"जागुला में?"

सोरेन ने बात काटते हुए कहा, "हाँ इन्दर बाबू! सामन्त बाबू मुझे पहचानते हैं। मेरी माँ को भी पहचानते हैं। माँ धान कूटकर मुझे पालती थी। इसलिए बिड्डी बाबू ने मुझे ले जाकर स्कूल में दाखिल करा दिया। माँ मर गई, तभी यहाँ आकर रह रहा हूँ। गुनाह किया है कुछ?"

"मैंने तुम्हारा अपमान नहीं किया, कुतूहलवश जानना चाहा है। अगर मुझसे गलती हुई हो तो माफ करना।"

"अब तो आप जान गए हैं।"

"नौकरी तुम्हें मिल सकती थी।"

"माँगी थी। पुलिस की नौकरी देने लगे।"

"पुलिस के काम से बहुत नफरत करते हो न?"

"तुम नहीं करते?"

"करंता हूँ।"

"सन्थाल होकर अगर कभी सन्थालों पर गोली चलानी पड़ी तो? डरता था, बहुत डर लगता था।"

"और भी तो तरह-तरह के काम हैं।"

"हैं। बहुत लोग पा गए हैं, कर रहे हैं। मुझे काम नहीं मिला। और चरसा में आना-जाना रहा। थोड़ी जमीन मिल जाती तो काम चल जाता। यही सोचता रहा हूँ।"

"जमीन पाने पर?"

"जमीन पाने पर? माँ कहती थी, किसी जमाने में हम लोगों के पास भी जमीन थी। नदी सरकती रही है और हम लोगों के पास जमीन नहीं रही। कब से नहीं रही, माँ यह नहीं बता पाती थी। माँ के जन्म से बहुत पहले ही यह सब-कुछ घट गया था। माँ कहा करती थी, 'थोड़ी-सी जमीन अगर हमारे पास होती!"

"माँ अब नहीं है?"

"नहीं। ऐसी बातें सुनकर दोस्त लोग कहते हैं, 'इसी से समझ में आता है

कि तू सन्थाल है।' और क्या कहूँ? मैं सन्थाल हूँ, यह बार-बार याद आता ही है। किसी मुद्दे पर लड़कों ने कभी हड़ताल की तो उसमें मैं भी शामिल हुआ हूँ। फिर भी कहते सुना है कि मैं सन्थाल हूँ! सरकार मेरे लिए इतना कुछ कर रही है। लेकिन वह सब भूलकर मैं यह सब क्या कर रहा हूँ! एक दोस्त की बहन की शादी में, दावत के समय सब लोगों का चेहरा मेरी ही तरफ था। दोस्त की माँ ने कहा, 'तुम्हें खाने में तो कोई दिक्कत नहीं हो रही?' ''

''ऐसा क्यों कहा?''

''मैं सन्थाल जो हूँ! इसीलिए मेरा ज्यादा-से-ज्यादा खयाल रखा गया। मगर मुझे यह अच्छा नहीं लगा।''

''अच्छा न लगने की ही बात है।''

''सन्थाल होने के नाते नौकरी मिलेगी, यह मुझे पता था। उस बार कमीज, यानी बुश्शर्ट और पैंट खरीदी थी, जूता भी। वजीफे के रुपए एक साथ मिले थे। चरसा आता-जाता हूँ। रहता हूँ भूषण के घर पर। उसे चाचा कहता हूँ। उसकी माँ मेरी दादी है। शर्ट-पैंट पहनकर मैं खुशी से उफन रहा था। शान से मुहल्ले में गुजरूँगा। सभी देखेंगे। सभी।''

''यह कितने दिन पहले की बात है?''

''अधिक दिनों की बात नहीं है। चरसा के माझीपाड़े में मेरी बहुत कद्र है। हाँ, हम लोगों के काली मेझेन के लड़के ने पढ़ाई की है। चरसा में शिक्षित सन्थाल नहीं हैं। वह शिक्षित है। नाम उसने दूसरे समाज का लिया है। खैर लेने दो। मैं क्या बनूँगा, सभी जानना चाहते हैं। शिक्षक बनूँगा? या न्यायाधीश या डॉक्टर? कुछ बनकर क्या मैं देहाती समाज से कट जाऊँगा? कितने सवाल हैं उन लोगों के!''

''यह सब वे लोग कहते थे?''

''हाँ, कहते थे।''

''उसके बाद?''

''शर्ट-पैंट और जूता पहनकर घर गया। दादी माँ, हम लोग जिन्हें गडमूआयु कहते हैं, मुझे देखकर पहले तो हक्का-बक्का हो गई। उसके बाद सिर के लकड़ी का बोझ जमीन पर उतारकर रो पड़ी। कहने लगी, ''तू पुलिस बना? पुलिस? पुलिस का काम किया?''

''उन्हें चोट पहुँची थी!''

''बहुत ही। और उनकी बात सुनकर जैसे क्षण-भर में मुझे ज्ञान हो गया–नहीं, मैं पुलिस नहीं बन सकता। उन्हें समझाया, 'नहीं, मैं पुलिस नहीं बना

हूँ। पुलिस क्यों बनूँगा?' उन्होंने क्या कहा, जानते हो?''

''क्या?''

''कहा, 'तू क्या जानेगा, बेटे? कितनी उम्र है तेरी? तेरी माँ मुझसे कितनी छोटी थी। मैंने बहुत कुछ देखा है। हमेशा से देखती रही हूँ। हमेशा से यही देखा है कि पुलिस सन्थालों की ओर बन्दूक साधे रहती है।''

''ऐसा कहा?''

''हाँ। उसी समय मैंने तय किया, मैं पुलिसवाला नहीं बनूँगा। और उसके बाद भी मुझ पर पुलिस की नौकरी करने के लिए जोर डाला जाता है।''

''तो नहीं की?''

''नहीं कर सका। सामन्त बाबू बहुत चिढ़ गए। और लोग भी छी-छी करने लगे।''

''उसके बाद यहाँ चले आए?''

''नहीं। मूँगफली से लेकर जूते के फीते तक बेचने की कोशिश की। अन्त में सिर की क्लिपें बेचनी शुरू की। धर्मराज का मेला अब भी फैशन-परस्ती की, घूमने-फिरने की जगह है। और धर्मराज का मेला देखकर जारूलिया फारेस्ट बँगलों में जाया जा सकता है, रहा जा सकता है। वहाँ हिरणों, मोरों, तीतरों को जालियों से घेरकर रखा है। शहर के लोगों ने क्लिपें खरीदीं। इस बार मेले में ताड़ के पत्तों की बहुत-सी छतरियाँ ले जाऊँगा। रुपयों को लिए-लिए चरसा चला आया।''

''इन लोगों ने क्या कहा?''

''पहले दुखी हुए। हम लोगों के काली मेझेन के लड़के का कुछ नहीं बना। अब कुछ नहीं कहते।''

''सोरेन, तुमने क्या-क्या कहा?''

दिलीप सोरेन की आँखों में हँसी छलकने लगी। उसने कहा, ''सभी कुछ क्या कहा जाता है भला? वैसे भी याद थोड़े ही रहता।''

''अब क्या कर रहे हो?''

''लिखाई-पढ़ाई सीखकर अपने समाज में रह रहा हूँ।''

''अपने समाज में?''

''छोटा गाँव। एक जमाने में सभी ने एक साथ मार खाई है। समाज यहाँ मिला-जुला है।''

कहते-कहते सोरेन कुछ सोचने लगा। थोड़ी देर बाद बोला, ''उद्धव काउरा बहुत धक्के खाकर आया है। अच्छा लड़का है, काम करना चाहता है। मगर न कोई उस पर विश्वास करता है, न मुझ पर। इसीलिए हम लोग दूर-दूर रहते हैं।

चरसा गाँव ने उस समय बहुत कुछ सहा है, आज भी सह रहा है। रतन की उम्र बहुत है। इन लोगों के साथ मेरे और उद्धव के रहने से इनके मन में भरोसा है। समझते हो?''

''समझता हूँ।''

''यहाँ सभी खेत-मजदूर हैं। समझते हो?''

''समझता हूँ।''

''चलो, भात खाएँ। चलो।''

भात और कोंहड़े की मिर्चादार तरकारी। इन्द्र ने कहा, ''चावल और कोंहड़े के पैसे।''

''ले लूँगा। जब मागूँगा, दे देना।''

उद्धव ने अचानक कहा, ''पैसे बहुत लगे हैं इनमें।''

शाल-पत्ते में भात खाया गया। मिट्टी के सकोरे में कोंहड़ा, पोस्ता, सूखी इमली की चटनी। उन लोगों के खाने के दौरान सोरेन के आँगन में से बहुत-सी सन्थाल औरतें और मर्द कतार बाँधे गुजरकर निकल गए। वे लोग बाकुली जाकर मोड़ाम पिटाई करेंगे। सोरेन ने बहुत-सी बातें बताईं।

''जंगल तरह-तरह से जिलाये रखता है। महुआ के फूल की पपड़ी-चपाती भूनकर खाते हैं। जंगल में कन्द-मूल भी मिलता है। सुदूर अतीत में यह सारी जगह जंगल महाल मानी जाती थी। किस्मत अच्छी हुई तो जंगल में खरगोश, साही-गोबी हाथ लग जाता है। तब मांस का भोजन चलता है। रतन और उसके साथी भी दिक्कत में फँस सन्थाल बनते जा रहे हैं। जंगल पर निर्भर। क्या किया जाए? खेत-मजदूरी का काम बारह महीने का तो होता नहीं। पहले एकमात्र उपाय था, खाते-पीते किसान के घर बारहमासिया बनकर रहना। वह रिवाज अब उतना नहीं रहा।''

''बारहमासिया?''

''बारहमासिया, भतुआ, खानाबेगारी, पेटबेगारी—सभी असल में एक हैं।''

''मामला क्या है?''

''माहवारी या सालाना तनख्वाह पर और भरपेट भात पर तुम चौबीस घण्टे के गुलाम बन जाते हो। जरूरत या गैर-जरूरत पर कर्ज पर लिए धान या रुपए पर चक्रवृद्धि दर से ब्याज बढ़ने लगता है। इतने पर भी क्या गुलामी चुकता हो सकती है? नहीं, न होना ही स्वाभाविक है।''

''न होने पर?''

''बेटे को काम पर लगा दिया।''

"यह तो गुलाम बनाना हुआ।"

"पहले यह प्रथा खूब चलती थी। अभी भी खूब चलती है। जहाँ-जहाँ राजनीतिक आन्दोलन चला है, या लिखाई-पढ़ाई के फलस्वरूप हवा बदली है, वहाँ-वहाँ अब इतना नहीं चलता। उपेक्षित इलाके में अभी भी खूब चलता है। कदम को पूछो न। उसे खूब पता होगा।"

"इसके खिलाफ कोई आन्दोलन नहीं हुआ?"

"सुना है, नहीं हुआ। पर किसी-किसी इलाके में राजनीतिक चेतना बढ़ जाने पर इस प्रथा का जोर कुछ घटा है। शहर से जुड़ी जगहों पर, जहाँ जमीन का मालिक बर्गा या मजदूर से बचना चाहता है, वहाँ भतुआ काम करता है। अनुपात में यह प्रथा कुछ कम प्रचलित है।"

"कम क्यों है?"

"क्योंकि शहर से जुड़े हुए देहाती इलाके कम हैं।"

"बाकुली में रोतोनि साऊ के जमीन पर बर्गा बैठाने का काम चलता है। एक-एक करके हरेक उपेक्षित मामले को पकड़ना पड़ेगा।"

"अच्छा, बहुत अच्छा।"

"तुम लोगों की मदद की जरूरत होगी।"

उद्धव ने कहा, "जरूर। मगर यह भी सीखने की चीज है, जानते हैं न? जमीन के मालिक का जमीन पर कब्जा रखने से मूल जड़ पर चोट नहीं की गई है। भतुआ अब गुलाम नहीं रहेगा, खेत-मजदूरों को मजदूरी मिलेगी और बर्गादार को न्याय। मानो जहरीले पेड़ की डालियाँ काट रहे हों। जड़ पर चोट करने की बात नक्सली हो गई। पहले ऐसी बात नहीं कही गई। बसाई टुडु ने जो कहा है, हमने वही किया है। अब जब उसकी बातें जितना सोचता हूँ, मन में बैठती जाती हैं।"

दीनू अचानक कहने लगा, "इन्द्र-दा, मिनाहाट में खेत-मजदूरों का एक कैंप लगा था। अफसर बहुत ही चालाक था। ऐसी जगह कैंप लगाया, जहाँ कभी कोई आन्दोलन नहीं हुआ था। मकरवाहिनी का मन्दिर और उसके पुजारी के परिवार के पास ही सारी जमीन-जायदाद है। पुजारी के यहाँ खेत-मजदूर काम पर आते हैं। हम लोग भी देखने गए थे। और अधिक क्या कहूँ! खेत-मजदूरों से जब पूछा गया कि तुम लोगों को कैसे आसानी रहेगी? उन लोगों ने हमें बेवकूफ बना दिया। कहने लगे, 'भूमि की उच्चतम सीमा हम नहीं समझते। पहले सारी जमीन सरकार ले ले और फिर उसे बाँट दे। जिसके पास नौकरी है, व्यापार-बिसात है, दुकान-बस-लॉरी है, उसे जमीन मत दो।' जिन् लोगों ने यह बात कही, वे लोग नक्सली हैं या कुछ और—नहीं जानते।"

'वे भी समझते हैं, उन्होंने भी सोचना सीखा है।''

सोरेन ने कहा, ''हम लोग क्या सोचते हैं, उससे उन्हें क्या मतलब? अगर कुछ काम करो, तो हम लोग भी उसमें शामिल होना चाहते हैं।''

इन्द्र के मन में एक बात उछली। क्यों? डर से? डरते हैं हम लोगों से?

''सोरेन, तुम्हें हम लोगों के कार्यक्रम पर आस्था है?''

''मेरी ओर से भी कह सकते हो कि यह एक कोशिश है। शायद आखिरी कोशिश भी। कोशिश तो बहुत बार की है। हर बार जाना है कि मुझ पर किसी ने विश्वास नहीं किया। क्यों? उद्धव का शायद एक राजनीतिक अतीत है, लेकिन मेरा? या यहाँ के हिसाब से मैं ऐसा सन्थाल लड़का हूँ, जिसकी बातचीत में सन्थालीपन नहीं है और जो लिखना-पढ़ना जानता है तथा जिसने पुलिस में काम नहीं किया—लिहाजा यह अविश्वसनीय है। उस पर विश्वास नहीं किया जा सकता। विश्वास न करके चलना, एकदम विश्वास न करके चलना क्या हर समय अच्छा लगता है?''

खाने के बाद इन्द्र ने कहा, ''तुम चलो, उद्धव भी चले। बाकुली में सन्थाल हैं। तुम्हारे साथ रहने पर अच्छा रहेगा।''

''चलो।''

जाते-जाते इन्द्र कहने लगा, ''सन्थाल मुहल्ले में ही क्यों रहें? फिर सन्थालों के लिए सरकार अब बहुत कुछ कर रही है—इसे अस्वीकार नहीं कर सकते।''

''हाँ, लिखाई-पढ़ाई का मौका दे रही है, काम पर लगा रही है।''

''सब पुलिस की नौकरी में तो जाने से रहे।''

''तुम आदिवासी नहीं हो। नहीं समझोगे।''

''बोलो, समझना सीखूँगा।''

''मैं जिस कारण लौटा था, उसी कारण से रुक भी गया। तुम जब कहते हो कि सरकार बहुत कुछ कर रही है, क्या तुमने उसका आनुपातिक हिसाब लगाया है कभी? काम दे रही है सरकार। सन्थाल समाज में धीरे-धीरे एक नया वर्ग पैदा हो रहा है—शिक्षक, डॉक्टर, नौकरीपेशा। मगर अभी भी निन्यानवे प्रतिशत सन्थाल धान के खेतों में, कोयला-खदानों में, कुली के काम पर लगे हैं। तभी तो मैं चरसा में एक दूसरा स्तर बनाने की कोशिश कर रहा हूँ। लिखाई-पढ़ाई का मौका पाकर भी अपना समाज छोड़कर नहीं गया हूँ, उन्हीं के बीच रह रहा हूँ।''

''पर तुम अकेले हो।''

''कौन कहता है, अकेला हूँ! चरसा में सन्थाल बस्ती ही देखी है? मगर गाँव

के रतन, काउरा जैसे लोग सन्थालों के साथ काम के मामले में एक हैं। एक जैसा काम, एक जैसी आमदनी, एक जैसी छलना। अपने में से ही एक पढ़ा-लिखा आदमी हो तो उन्हें भरोसा मिलता है।''

''इस तरह के स्तर बनाने में तुम अकेले हो।''

''नहीं। सुना है, सरकार सिधु-कानु की लड़ाई के उपलक्ष्य में इस बार काफी धूम-धड़क्का करेगी। सुना ही है, सुनने से क्या होता है!''

भागनादिहि के मैदान का युद्ध। इनके समाज की कितनी ही दन्तकथाएँ! यह लोग कुछ भी नहीं जानते।

बात अचानक इन्द्र के मन में कौंध उठी। उसने कहा, ''हम लोग यहाँ सन्थाल-विद्रोह का जयन्ती-उत्सव मनाएँ तो बहुत अच्छा हो, क्यों? अभी तक तो कभी नहीं हुआ है न?''

उद्धव ने कहा, ''चरसा में सन्थाल-युद्ध उत्सव? आपको बड़ी फजीहत में डाल देगा।''

''फिर 'आप'?''

चमकीली हँसी हँसकर सोरेन ने कहा, ''उद्धव! तू बसाई टुडु के साथ गया था। सन्थालों के साथ इतना रहा, पर अभी तक 'आप', 'जी' नहीं छोड़ सका? 'तू' सबसे बेहतर है। सुनने में मीठा, कहने में मीठा। 'तुम' चल सकता है। 'आप' में कोई मिठास नहीं है। सबको दूर रख देता है।''

इन्द्र बोला, ''ठीक कहते हो। मैं कुली-मजदूरों के समाज का आदमी हूँ। 'आप', 'जी' मेरे साथ नहीं चलता।''

''बाबू सच्चा है रे, उद्धव। निभेगा।'' सोरेन की एक बात पर वे सब करीब चले आए। देर तक चुपचाप चलते हुए अचानक रजत, कदम, गौर तथा दीनू के कन्धे थपथपाते हुए सोरेन ने गाना शुरू किया :

''हाथों-हाथों रोपता हूँ धान,
हाथों-हाथों से काटता हूँ धान।''

उद्धव ने कहा, ''यह गाना कदम ने बनाया है।''

बाकुली पास आ रहा था।

एक नम्बर चरसा कैनाल के सीने से बरसात का रंगीन पानी किनारे से छलकते हुए गिर रहा है। अब पानी का इन्तजाम हो जाने के बहाने दो फसली ढाई बीघे तथा चार बीघे जमीन पर भी हारान माझी तथा लवण माझी के नाम पर बर्गा रिकार्ड हो रहा है। चारों ओर रोतोनि तथा महादेव की सौ-सौ बीघा जमीन पुराने रिकार्डों में अकेले मिल्कियत में चढ़ी है। दोनों भूखण्डों पर पार्टी का

क्रांतिकारी झण्डा गाड़ा गया। रोतोनि ने स्नेहभरी आँखों से उस तरफ देखा और कहा, "यह काम बहुत अच्छा हुआ।"

सब-कुछ हो चुकने के बाद बाम्भोनी में इन्द्र जब अपने डेरे पर लौटा तो उसी समय जागुला से उसका बुलावा आ गया। नवीनबाबू ने जरा सूखे स्वर में कहा, "यह काम अच्छा हुआ है। मगर उसने बगैर किसी को बताए अपनी मर्जी से यह किया है, किसी को बताया तक नहीं। यह ठीक नहीं है।"

"के.जी.आर.ओ. ने काम किया, हम लोग महज साथ थे।"

नवीनबाबू ने और भी सूखी आवाज में कहा, "रोतोनि साऊ की जमीन लेकर उसे और कोंचना ठीक नहीं है। और चरसा के सोरेन और उद्धव वहाँ क्यों गए थे?"

"सोरेन और उद्धव को भी अपने प्रोग्राम में शामिल करना पड़ेगा।"

यह सुनकर नवीनबाबू का चेहरा सूख गया, मगर सब-कुछ सुनकर सामन्त खी-खी करके हँसने लगा। कहने लगा, "इन्द्र बहुत अच्छा है, बहुत अच्छा। उन्हें इस तरह के स्वस्थ कार्यक्रमों में व्यस्त रखना बहुत ही अच्छा रहेगा। यही सही दवाई है, हा-हा-हा-हा!"

"इसका मतलब क्या है? उन्होंने तो बार-बार आप लोगों के कार्यक्रम में शामिल होना चाहा है।"

"कभी नहीं।"

इन्द्र कहनेवाला था, 'रतन डोम से जो कुछ सुना है, उस पर मुझे भी विश्वास होने लगा है कि गलती आप लोगों ने ही की है।"

मगर बोला नहीं। सिर्फ इतना कहा, "किसी समय यही गाँव या ऐसे बहुत-से गाँव हिंसात्मक आन्दोलन में उतरे थे। लेकिन वह रास्ता हम लोगों का नहीं है। मगर जिन कारणों से वे आन्दोलन में उतरे थे, वे कारण और भी यथार्थ और भयंकर हो उठे हैं। जो कारण ज्यों-के-त्यों बने रहें और हम उन्हें परे रखने की कोशिश करें—यह ठीक नहीं है। उनके सुख-दुख में शामिल न होने पर उनके मन में आस्था कैसे जगेगी?"

"क्यों? ऑपरेशन-बर्गा से भी नहीं?"

"वह तो खेत-मजदूरों का गाँव है। ऑपरेशन-बर्गा? रोतोनि साऊ, रामेश्वर भुईयाँ—इन्हें आप लोग सुरक्षा देंगे और बर्गा बैठेगा छोटी जोत पर? पता है, सच्चे कैडरों के मन पर इससे कितना उलटा असर पड़ रहा है?"

सामन्त ने मन-ही-मन इन्द्र के स्वर में गूँजते प्रतिवाद के सुर को नोट किया। कहने लगा, "पार्टी का अनुशासन बनाए रखना सबसे बड़ी बात है। प्रारम्भिक

दौर के कारण कुछ नहीं कह रहा हूँ। वे बहुत ही ताकतवर हैं। मौजूदा ढाँचे में ही सब-कुछ रखकर देखना पड़ेगा। हम लोग जितना कर रहे हैं, पहले की किसी सरकार ने उतना नहीं किया। इस क्रान्तिकारी रास्ते पर हम दुस्साहसवादी तरीकों से आगे निश्चय ही नहीं बढ़ेंगे।''

सुनकर इन्द्र ने कहा, ''किस तरह आगे बढ़िएगा? क्या सोचा है इसके बारे में? प्रभावशाली लोगों के बारे में क्या कीजिएगा?''

''उनके बारे में कोई अलग नियम नहीं है। सरकारी कर्मचारियों को चाहिए कि वे क़ानून लागू करें। जमीन पर कब्जा लें, उसे बाँटें, बर्गा बैठाएँ... ।''

''काम के दौरान बदली हो, हर स्तर पर अड़ंगे लगाए जाएँ। जो तबीयत आए, कहिए। निर्भीकता से काम कीजिए, सबका श्रद्धाभाजन बनिए, सामन्त-दा! जनता की राय के साथ आया हूँ। डर कैसा?''

''डर की बात कौन कर रहा है? मैं किसी से नहीं डरता। प्रभावशालियों को समझाकर, दबाव डालकर... ।''

''हृदय-परिवर्तन कीजिएगा? वे लोग डकैत और हम लोग सर्वोदय कार्यकर्ता हैं क्या? धरती पर उतरिए। जो प्रचार कर रहा हूँ, उसे कार्यान्वित न करने पर लोगों से अलग पड़ जाएँगे। पड़ ही गए हैं।''

''तुम्हारी बातें... ।''

''नक्सली बातें नहीं सामन्त-दा, पार्टी के सच्चे कार्यकर्ता की बातें हैं। आप मानें या न मानें, पार्टी से जिन्होंने कभी कोई फायदा नहीं उठाया, ऐसे कुछ लोग भी हैं। काम कीजिए, काम। काम करने दीजिए। फिर वोट माँगने की जरूरत नहीं पड़ेगी।''

''निश्चय ही। और जीतेंगे भी हम लोग ही।''

''नकारात्मक वोट से। इसीलिए कि पार्टी का विकल्प नहीं है। मगर काम क्यों नहीं करें?''

''काम करो न तुम। कौन रोक रहा है?''

''बाहर की बाधा से नहीं डरता।''

''पार्टी का सच्चा कार्यकर्ता किसी भी बाधा से नहीं डरता। तुमने जो बातें सुनी हैं, वह सच नहीं है। मैं जान रहा हूँ कि यह बातें तुमने किस स्रोत से सुनी हैं। साऊ की जमीन पर बर्गादार रिकार्ड हुआ। इसमें किसी ओर से कोई बाधा आई?''

''जितनी जमीन पर रिकार्ड हुआ, वह भी महत्त्वपूर्ण है। मगर साऊ लोग कितनी बड़ी जमीन के मालिक हैं। उन लोगों की तो सारी जमीन ही बच गई

है। यह बात मेरे मन में बार-बार खटक रही है।''

''धीरे-धीरे आगे बढ़ना होगा।''

''खेत-मजदूरों के बारे में क्या करूँ?''

''सरकारी मदद पाने की कोशिश करूँगा, मगर शान्तिपूर्ण तरीके से। भूमि पर केन्द्रित दुनिया को तुम नहीं समझते। बहुत ही गड़बड़ जगह है। हम लोगों के दुश्मन सामने खड़े हैं, विरोधी साजिशों का अन्त नहीं है। जोर-जबरदस्ती करने पर आन्दोलन खड़ा होगा, क़ानून और अनुशासन का सवाल सामने आ जाएगा।''

''सामन्त-दा, पार्टी-कार्यकर्ता के नाते मैं यह जानना चाहता हूँ कि आप लोग आन्दोलनों से इतना डर क्यों रहे हैं? जोतदार को जमीन अपने कब्जे में रखने का अधिकार है, लेकिन कार्यकर्ता के स्तर पर एकजुट आन्दोलन करके तेभागा के असम्पूर्ण लक्ष्य को पूरा करने का अधिकार नहीं है! मीठी-मीठी बातों से जमीन का मालिक खेत-मजदूरों को सरकारी रेट देगा? आन्दोलन से ही यह रेट हम उसे दिलवा सकते हैं, लोगों का विश्वास पा सकते हैं। क़ानून-सम्मत आन्दोलन से इतना डर क्यों है? शहर में भी वही हालत, गाँवों में भी वही। ऐसी बातों से शह पाकर व्यापारी, कालाबाजारी, दलाल और थोक व्यापारी मनमर्जी कीमतें बढ़ा रहे हैं और मुनाफा लूट रहे हैं। यह बात आप अच्छी तरह जानते हैं। पर चीजों की कीमतों की वृद्धि के विरोध में भी आज आन्दोलन सम्भव नहीं है। जो आन्दोलन हमें आप लोगों के करीब ले जाते हैं, वे आज सारे बन्द क्यों हैं? कार्यकर्ताओं को कैसे सिखाऊँ? नया कैडर पार्टी में आएगा कैसे, जब वह किसी आन्दोलन के बीच से नहीं गुजरेगा?''

''आन्दोलनों के बारे में धारणा भी तो बदल रही है।''

''क्या आप यह नहीं देख रहे हैं कि आन्दोलन नहीं चलाए जाएँगे तो कैडर के स्तर पर नैतिक पतन होगा, सच्चे कैडरों का दिल टूटेगा। उधर जिन्हें लूटकर खाना है, वे लूट जारी रखेंगे। इसके बाद भी क्या वोट मिलेंगे? निश्चय ही, लेकिन नकारात्मक वोट। विकल्प नहीं है, इसलिए न। मगर लोग हम लोगों को प्यार से, हम लोगों पर आस्था रखकर सकारात्मक वोट दें, ऐसी हालत हम बना सकते हैं, मगर बना नहीं रहे हैं।''

''मगर शिक्षित वोटर यह नहीं कहता।''

''उन्हें हम लोग वेतन की बढ़ी दरें आदि जो दिला रहे हैं।''

''तुम क्या सिर्फ नकारात्मक पक्षों को ही देखते रहोगे?''

''पार्टी मेरी जिन्दगी है, सामन्त-दा। इसकी सफलता को मैं बहुत दूर तक ले जाना चाहता हूँ। अपनी पीठ खुद थपथपाने से आगे बढ़ा जा सकता है क्या?

आप कहिए तो सही खुले दिल से!''

''ऐसा ही हो तो ठीक है। तुम काम करो। सोरेन और उद्धव को जितनी जल्दी खींच सको, उतना ही अच्छा।''

बाम्भोनी के अपने डेरे पर इन्द्र स्थिर बैठा नहीं रहता। उसके दिल में चोट, भीषण अस्थिरता है। जेठ आएगा आँधी-बारिश लेकर। जेठ में आमन धान का बीज बोया जाएगा। पानी मिलने पर धान के पौधे बढ़ेंगे। आषाढ़-सावन तक पौधे को रोप दीजिए। यह सब करने के लिए खेत-मजदूर खेत में उतरेंगे। उन्हें सरकारी रेट पर खेत-मजदूरी मिलनी चाहिए।

हारान और लवण माझी इस साल अपने कब्जेवाली जमीन बीजेंगे। लवण अस्पताल में आया और कहा, ''इस बार बाबू लोग बीज का धान नहीं देंगे। कहते हैं कि क़ानून के बल जमीन रिकार्ड कराया है तो बीज-धान क्यों दूँ?''

''इतने दिनों तक क्यों दिया है?''

''क्यों? बीज उधार दिया है, बाद में काट लिया है।''

''हल और बैल?''

''बैल माँग लेते थे।''

''किससे?''

''गाँव के लोगों से।''

''बीज का उधार किस दर से काटा जाता था?''

''बारह आने उसका, चार आने मेरा।''

''मिल जाता था?''

''कहाँ मिलता था?''

''क्यों नहीं मिलता था?''

''साल-भर का धान घर ले जाऊँ, रुपए भी ले लूँ। उस पर भी धान बच रहता है क्या? इतनी बातें जानते हो, पर यह बात नहीं समझे?''

''कुछ नहीं मिलता था तो खेती क्यों करते थे?''

''जमीन को बाँझ छोड़ देते?''

''इस साल क्या करोगे? हल, बीज, बैल कुछ भी तो नहीं है तुम्हारे पास। इस साल क्या करोगे जमीन लेकर?''

लवण आशावादी है। कहने लगा, ''हारान जैसा कहेगा। मैं कुछ नहीं जानता, वही सब-कुछ जानता है। अपने खेत का कोंहड़ा एक रुपए में देने लगूँ तो वह छीनकर तीन रुपए में बेच देता है। वही सलाह देगा। ऐसी बातें वह बखूबी समझता है।''

"अस्पताल में क्यों आए हो?"

"दवा लेने।"

दीनू ने उसके हाथ में खाली शीशी देखकर कहा, "सारी दवा पी ली क्या? एकदम खाली है।"

"पी ली।"

"जाओ, जाकर कहो। देखिए इन्द्र-दा, जले हुए घाव पर लगाने के लिए जो लाल दवाई दी थी वह पी गया है यह।"

लवण समझाने लगा कि घाव उसके पैर में है। दबाई पी गए। घर के अण्डे-बच्चे और दर्द ठीक हो गया इसके पेट का। मगर समझाने में असफल होने पर उसने दूसरी बात कही। बुद्धिमानों की तरह।

"बाबू! जमीन तो रिकार्ड करा दिया, लेकिन बीज, हल, बैल तो उन्हीं लोगों से मिला। इसीलिए बारह आने उपज उसने ले ली। धरम भी कहता है और क़ानून भी कहता है कि बीज, हल, बैल मेरा तो मेरे बारह आने और उसे चार आने दूँगा।"

कदम ने कहा, "क़ानून भी यही है। मगर मानेगा नहीं। आधा हिस्सा माँगा और वही लिया भी।"

"यह काम कर दो।"

लवण हँसता है। आस्था की हँसी। इन्द्र ने धीरे से कहा, "फसल उठने दो लवण, तब देखा जाएगा। क़ानून है, मगर जो चलन चला आ रहा है वही नियम बन जाता है।"

"यह काम कराओ।"

"फसल उठने दो।"

"कर्ज के नाम पर अधिक नहीं काट लेगा?"

"नहीं-नहीं, इतना कर्ज थोड़े ही है।"

निश्चिन्त होकर लवण दवा लाने चला गया और भूलने का भाव चेहरा पर लाते हुए, सिर खुजलाता हुआ आगे आया। गमछे में बँधा थोड़ा-सा चूड़ा सामने रखकर बोला, " 'आप'...नहीं, नहीं, तुम्हारे लिए जोरू ने भेजा है। जमीन दिलाई है ना।"

लवण चला गया।

इन्द्र ने कहा, "अभी भी इतना सीधा है।"

रजत ने कहा, "कमाल के लोग हैं। धान-चावल-मसूर खरीदने जाते हैं तो उन्हें तोल में ठगा जाता है। हाट में एक ठो रुपया फेंककर बाबू लोगों ने इनकी

दो झुग्गियाँ उठाई हैं, हमेशा। हालाँकि अड़सठ-उनहत्तर के बाद से ऐसा नहीं रहा है।''

दीनू ने कहा, ''उस समय बहुत डर गए थे सब।''

असहिष्णु इन्द्र ने कहा, ''फिर डरना पड़ेगा। अच्छा, यह बताओ कि उसने चट से यह क्यों कहा कि क़ानून में ही बारह आने-चार आने का हिस्सा लिखा है?''

''सोरेन ने कहा, होगा। सब लोग उसे बहुत मानते हैं।''

''सोरेन को हम लोगों से कहना चाहिए था।''

''कहने से क्या होता है? कोई भी बर्गादार को तिभागा नहीं देगा।''

''देखा जाएगा।''

''इस बार क्या करूँ? बैठ जाऊँ?''

''नहीं, बैठूँगा नहीं।''

काम माँग रहे थे दीनू, रजत, कदम और गौर। कदमखुआँ ब्लॉक के चरण, मोहन बाँसी और भूपाल भी आने-आने को कर रहे थे। कैडर काम करना चाहते हैं। काम के जरिए लोगों के दिल तक पहुँचना चाहते हैं। इसी कारण क्या इन्द्र का आत्मविश्वास बढ़ गया है? वरना सदर गाँव में मोतीबाबू की जमीन देखने, बर्गादारों से बात करने क्यों गया था?

सदर गाँव और ब्लॉक की तसवीर दूसरे तरह की है। वहाँ पुलिस-चौकी, ब्लॉक-ऑफिस, ग्रामीण बैंक की शाखा, मुर्गी-पालन-प्रशिक्षण-केन्द्र, मिशनरियों का आना-जाना, तुलसी स्वामी पंथियों के कीर्तन द्वारा आत्म-उन्नयन, लाइसेंस-प्राप्त देसी शराब की दुकान तथा जनता-बाजार—सभी हैं। बसाई टुडु की पाँचवीं मौत सदर के पास ही चरसा के जंगल में हुई थी। उसके बाद ही सदर इतना जमा है। नन्दिता बराट यहाँ समाज-सेवा केन्द्र खोलकर अनाथ शिशु पालना चाहती थीं। मगर काफी संख्या में अनाथ शिशु न होने के कारण उनकी शुभेच्छा कार्यान्वित नहीं हुई। सदर में इस तरह के होर्डिंग देखने को मिलते हैं :

'हिंसा से बचिए। उपज बढ़ाने में ब्लॉक दफ्तर की मदद कीजिए।'

'हिंसा से बचिए। संचय में मन लगाइए। ग्रामीण बैंक में पधारिए।'

'हिंसा के रास्ते मुर्गीपालन सम्भव नहीं है। व्यावहारिक प्रशिक्षण के लिए इस केन्द्र में पधारें।'

'हिंसा नहीं, यीशु ही आपकी समस्या का जवाब है।'

'हिंसा करके कहाँ जाओगे, भैया? तुलसी-पंथियों के कीर्तन में जो आत्मसमर्पण करता है, वही उसे पाता है।'

'हिंसा की बात भूलकर सहकारिता-बाजार में पाँव रखें। कुदाली से लेकर प्रेशर कुकर, सभी मिलेगी।'

केवल यही बँधे-बँधाए होर्डिंग ही नहीं हैं। सदर के बारे में बहुत-से सरकारी विश्वास भी प्रचलित हैं। प्रशासन के आतंक का स्रोत बसाई टुडु चूँकि सदर के पास मारा गया था, लिहाजा 'छेना विक्रय केन्द्र' सदर गाँव ही हिंसा का प्रसूतिगृह है। इसीलिए बहुत सिर खपाकर यह होर्डिंग लगाए गए हैं। इस गाँव के तेरह साक्षर लोग गाँव के बाहर नौकरी करते हैं, इसलिए इन होर्डिंगों को कोई नहीं पढ़ पाता है, होर्डिंग के मालिक लोग इस बात को कोई महत्त्व नहीं देते। शिक्षा के विस्तार के लिए सदर को खतरनाक माना गया है, इसीलिए यहाँ प्राइमरी स्कूल तक भी नहीं खोला गया है।

सदर में बहुत राजनीतिक मीटिंगें होती हैं। गाँव के आदिवासी लोग गाँव की इस बढ़ोतरी से बहुत खुश हैं, क्योंकि बहुत-सी इमारतों के निर्माण में बहुत-से लोगों ने अपनी जमीनें बेच दी हैं। वे लोग जब छेना नहीं बेचते तब सभाओं में भाषण सुनते हैं। हाथ में पैसा आने के बाद बेशक वे लोग भारी मात्रा में शराब नहीं पी रहे हैं, मगर एक-दूसरे पर दीवानी मुकदमे जरूर चला रहे हैं। ऐसा क्यों कर रहे हैं, कौन-सी मानसिकता के कारण ऐसा कर रहे हैं—इस विषय का अध्ययन एक विशेषज्ञ दल आकर कर चुका है। शराब के मुकाबले मुकदमों के प्रति इनका इतना झुकाव क्यों है? कारण गोशाला के मच्छर हैं। इन मच्छरों के काटने से सरल ग्रामीणों के मन में विपर्यय पैदा होता है और वे शराब छोड़कर मुकदमा करना चाहते हैं। विशेषज्ञों ने भी मच्छरों को ही मूल कारण माना।

शाम को एक मौलिक श्यामा-गान सुनने को मिला :

"इस बार मरकर जब वकील हुआ,
मुंडमाला सहित तुम्हें माँ,
कठघरे में खड़ा करूँगा।"

मोतीबाबू के साधक चाचा हरकाली साहित्य-भारती, बी.एल. द्वारा रचित यह गाना सदर गाँव में बहुत ही लोकप्रिय है। देशवासियों की प्रतीक्षा न करके उन्होंने ही अपने को 'साहित्य-भारती' खिताब से विभूषित कर लिया। वकालत की परिभाषा में श्यामा-संगीत रचकर हाल में हरकाली साधनोचित धाम का प्रमाणपत्र प्राप्त किया है। इस गाने को सुनकर शोधार्थियों ने घबराकर अपना मौलिक शोध-पत्र बगल में दबाए सदर त्याग किया।

ऐसे सदर में इन्द्र हाजिर हुआ। तुषार पात्र पहले से ही वहाँ था। उसने बार-बार कहा था, "मुझे मत फँसाइएगा। मुझे वहाँ जमीन रजिस्टर कराने में, बर्गा

रिकार्ड करने में काफी मदद मिली है। इस जमीन को लेकर मेरे पीछे क्यों पड़ गए हो?"

"रजिस्टर कराने लायक जमीन कितनी है?"

"सत्ताईस-अट्ठाईस बीघा होगी।"

"इतनी?"

"कितने ही लोग कितनी अधिक जमीन रखकर भी छूट गए हैं, जनाब! आप जमीन पर जरूर जाएँगे, यह लग रहा है। गोरा बाबू आप लोगों की समिति के पुराने आदमी हैं। उन्होंने बहुत मदद की है। मगर हैं मिलेट्री मिजाज के आदमी।"

"मैं जमीन देखने जाऊँगा।"

मगर इन्द्र को मोतीबाबू की जमीन देखने को नहीं मिली। गोरा ने कहा था, "यहाँ तुम लोगों की घुसने की कोई जरूरत नहीं है, इन्द्र प्रामाणिक! अपने को सबसे सच्चा आदमी समझते हो, क्यों?"

इन्द्र ने कहा, "आपस में कोई झमेला नहीं चाहता। मुझे लगता है, यह मामला आप खुले दिल से स्वीकार नहीं पा रहे हैं। आपकी खुद की जमीन है?"

"जरूर। हरेक की होती है।"

"नहीं, हरेक की नहीं होती। वह जमीन?"

"रजिस्टर हो चुकी है। बर्गादार रिकार्ड खत्म।"

"मोतीबाबू की जमीन पर बर्गादार क्यों नहीं बैठा?"

"बर्गा जो नहीं है इसीलिए।"

"मेरी जानकारी में है।"

"ना, नहीं है। 'नहीं' कह रहा हूँ, नहीं। कराएँ रिकार्ड, कोशिश करें, बेइज्जती होगी।"

"क्या मामला है, बोलिए तो? यह जमीन रजिस्टर कराकर बर्गा बिठाते तो कितना अच्छा होता!"

गोरा बहुत ही विश्वसनीय है। फिर भी उसने उगल दिया, "यह क्या हमारे-तुम्हारे समझने से होगा? हम लोगों की जमीन है?"

"मोतीबाबू ने ऐसा किया है?"

"मोतीबाबू ने कुछ भी नहीं किया। मोती-दा इधर आते ही नहीं हैं। उन्हें पता भी नहीं है, कोई खबर भी नहीं रखते। उनके भाजे लोग ही सबकुछ करते हैं, समझे? उन्होंने ही जमीन को बढ़ा-चढ़ाकर इतना फैला दिया है। मोतीबाबू ने शादी नहीं की, परिवार नहीं बसाया। सारी जिन्दगी दो विधवा बहनों के परिवारों को सींचते रहे। जमीन-जायदाद भी उन्हें ही दे दी।"

''भांजों ने मामा के परिचय का फायदा उठाया?''

''हाँ, काफी।''

''इसीलिए तो यह मामला साफ होना चाहिए था।''

''क्या करते? उन्हें जानते हो?''

बहुत बहस-मुबाहसा हुआ। इन्द्र ने सोचा था, भांजे लोग काफी सम्पत्तिशाली तथा प्रभावशाली हैं। मगर आधी रात को एक पुलिस-इंस्पेक्टर ने आकर उसे नींद से जगाया। कहा, ''मुझे चौकी छोड़कर आना पड़ा। आप बिना जरूरत के यहाँ झमेला क्यों खड़ा कर रहे हैं?''

इन्द्र ने पूरी घटना बताई। बताने के दौरान दीनू उसे कोंचता रहा। इंस्पेक्टर के चले जाने के बाद दीनू ने कहा, ''छोटे भांजे ने...दोनों पुलिस में हैं।''

जब मामा की जमीन के मालिक पुलिसवाले हों तो निर्धारित निम्न सीमावाली जमीन उच्चतम सीमा पार करेगी ही। और वह जमीन रजिस्टर नहीं होगी। सरकारी परिभाषा में 'सरकार में निहित' नहीं होगी। इन्द्र भी बहुत जिद्दी है। रात गए तक प्रबल मानसिक बाधाओं के बावजूद गुमसुम सोचता हुआ बीड़ी सुलगाता है।

''पुलिस का रोबदाब कब घटेगा?'' कहते हुए वह लेट गया।

दीनू ने कहा, ''मोती-दा ने किसी तरफ नहीं देखा। इन दोनों को पिछली सरकार के दौरान काम मिला था। उन्हीं लोगों के आदमी हैं।''

''मोतीबाबू के नाम पर। एक तो पुलिस, ऊपर से मामा का नाम भुना रहा है, तभी तो...।''

''हाँ, दीनू।''

''तुमसे अगर यह काम नहीं हुआ तो किसी से नहीं होगा।''

''दीनू, वास्तविक स्थिति को अस्वीकार करने से कोई फायदा नहीं है। गाँव में बैठकर दरोगा की जमीन पर बर्गादार बैठाने पर, हर बर्गादार आफत में फँसेगा। मगर यह यहीं काम कैसे कर रहा है?''

''यह बात क़ह सकते हो।''

सुबह गोरा ने आकर झाँका। ''वही एक जगह नुक्स रह गया, वरना जो काम हो रहा है, कमाल का हो रहा है। हम कल ही जाएँगे, शिकदार की जमीन पर बर्गादार बैठेगा।''

''लोग सभ्य बन रहे हैं समिति के?''

''सदस्य कहो, 'सभ्य' नहीं? हो रहे हैं, सदस्य बन रहे हैं। होंगे क्यों नहीं? वे लोग क्या हमें देख नहीं पा रहे हैं?''

लौटते वक्त टूटे-फूटे औंधे घर और झाड़-झंखाड़ को दिखाते हुए दीनू ने कहा,

"उद्धव-लोगों का घर था।"

"किसी ने यहाँ अपना घर नहीं खड़ा किया?"

"पैतृक जमीन को कोई इतनी जल्दी नहीं छेड़ता।"

सदर के अनुभव से इन्द्र निहायत ही मुरझा गया और सोरेन से बातें करने की उसकी तबीयत हुई। भीतर से कहीं बाधा भी महसूस हुई। सोरेन भी शायद समझता है कि इन्द्र मन-ही-मन दुखी और मन मारे हुए है। एक दिन वह इन्द्र के पास चला आया।

"न्यौता देने आया हूँ।"

"किस बात का?"

"डोमपाड़े के मदन और पारी की शादी है।"

"कब?"

"इसी बैसाख में। मगर परेशानी बहुत है।"

"कैसी परेशानी?"

"वर और वधू राजी हैं, लेकिन कन्यादान नदारद।"

"कितना चाहिए?"

"बीस रुपए।"

"क्या कह रहे हो? बीस रुपए में जोरू मिल जाएगी?"

सोरेन हँसा। कहने लगा, "क्यों न मिलेगी? एक जमाने में पाँच रुपए देने से काम चल जाता था। बढ़कर बीस रुपए हुए। उसके बाद शहर की हवा! खर्चा भी बढ़ गया। अधिक रुपए दो। नाइलन की साड़ी दो, रोलेक्स घड़ी दो, चाँदी का गहना दो। लड़के क्या चोरी करें? इसी कारण पंचायत बुलाकर हम लोगों ने नियम बाँध दिया है। बीस रुपए से ऊपर दहेज नहीं है। लाल सूती साड़ी के अलावा कोई कन्या-वस्त्र नहीं है। जस्ते के अलावा कोई गहना नहीं है। सामाजिक भोज में दाल, चटनी, मछली। जिसे जो देना हो, घर में ले जाकर दे।"

"वाह! यह तो बहुत अच्छा किया।"

"मदन हम लोगों का अच्छा साथी है। घर नहीं था, सबने मिलकर उसका घर खड़ा कर दिया। बकरी बेचकर रुपए जुटाए, तो सियार बकरी उठा ले गए।"

कुछ देर तक सोरेन सोचता रहा। कहने लगा, "चन्दा उगाहकर शादी करेगा...और क्या?"

"शादी में भोज का इन्तजाम होगा?"

"क्यों? पाँच लोगों के पास दाल-चावल हैं। तुम समझते हो कि मछली का मतलब रोहू कतला है? नहीं, कतई नहीं। मैंने तो प्रचार कर दिया है, लैठा, बेले,

सिं...टेंगरा, पूँटी, चिंडि कुलीन मछलियाँ हैं, रोहू कतला तो हरिजन है। उसके लिए नहीं है यह।''

''मैं क्या करूँ?''

''भई! तुमसे क्या छिपाऊँ? मदन पुलिस-चौकी में बन्द है। इधर-उधर से जुटा-बटोरकर शादी तो नहीं रुकेगी, मगर दूल्हे के बगैर शादी होती है क्या? सुना है कभी?''

''मुश्किल। फिर और भी दिक्कतें हैं। केस क्या है?''

''धर्मराज के मेले में चरसा के डोम लोग बाँस की चीजें बेचते हैं। दुकानों से उगाही के मामले को लेकर पुलिस के साथ डोमों का झगड़ा पुराना है। पिछले साल मदन ने मिलेट्री मिजाज से पुलिस को खदेड़ा था।''

''क्यों?''

''कहने लगा, पहले की सरकार को देता था, क्या अब भी दूँ?''

झगड़ा शुरू हुआ तो मदन शायद बड़े ही गर्म मिजाज में था। उसने मछली की टोकरी झट से कांस्टेबल के सिर पर पहना दी। बड़ी टोकरी जिसमें मछली रखी जाती है। इस पर सब लोग जोर-जोर से हँसने लगे और पुलिस से फूट जाने को कहने लगे।

इसी कारण मदन हवालात या थाने में है। जागुला बाजार में पाकर पुलिस उसे अचानक पकड़कर ले गई। सुना, दिन-दहाड़े शराब पीकर वह शान्ति भंग कर रहा था।

''तुम उसे छुड़ा सकते हो?''

''देखता हूँ।''

''देखो।'' गहरे उद्वेग से सोरेन ने सीखी हुई बोली का त्याग कर दिया और अपनी 'भाषा' में कहने लगा, ''पारी ने रो-रोकर आँखें लाल कर ली हैं। माँ द्वारा खरीद-फरोख्त सुन जैसे वह पागल हो गया है। चावल-दाल मौजूद है। पूँटी-चैला भी खूब मिलेगी। लेकिन यह फजीहत कैसी?''

इन्द्र जोर से हँस पड़ा। ''बहुत अपने लगते हो, जब अपनी भाषा में बातें करते हो।''

''ऐसा? तो ठीक है।''

मदन को छुड़ाने का मामला आसान नहीं था। मोतीबाबू के साथ मुलाकात ही नहीं हुई। नवीनबाबू ने कहा, ''मोती की जमीन को लेकर हंगामा खड़ा कर रहे हो और एक छिछोरे शराबी को बचाने के लिए दौड़े आए हो! यह सब क्या तुम ठीक कर रहे हो?''

बहुत कोशिश करके मदन को छुड़ाया गया। फलस्वरूप इन्द्र की इज्जत बहुत बढ़ी। तभी वह मदन और पारी की शादी में उलझ गया। सोरेन ने चरसा के सन्थाल, डोम, काउरा लोगों से उसे मिलाया। उनमें उसके प्रति श्रद्धा बढ़ी। सोरेन ने पहले ही यह साफ-साफ कह दिया था :

''गाँव छोटा है। काम भी एक जैसे हैं। बाढ़-अकाल में सबका दुख एक जैसा होता है। हर हालत में वे एक जैसे बने रहते हैं। इसी कारण ऐसा इन्तजाम किया गया है कि इस बार वे उनके पर्व में भी आएँ। उनके पर्वों में हम लोग भी जाएँगे। मैं आदिवासी हूँ, वह डोम है, यह हिसाब भला चल पाएगा?''

जैसे उसी की बात के समर्थन में मदन की शादी से पहले ढोल, धामसा, शिंगा बजने लगा है। डोम लोग जंगल में मंगल चण्डी की पूजा करने गए हैं, सारा गाँव उनके पीछे लगा।

''यह पूजा जरूरी है'', रतन बोला, ''मंगल चण्डी कहो, या बागुली कहो, वन की रक्षा वही करती हैं।''

बैसाख की बारिश से आसमान में तपिश कम थी। हवा मीठी थी। चरसा नदी पार करके वन में घुसते ही हवा से हिलते हुए पेड़-पौधों ने उनका स्वागत किया था। प्राचीन बरगद का पेड़ जैसे इन लोगों की प्रतीक्षा में था। उसकी जड़ के आसपास की जगह साफ करके लीपी गई। पूजा वहीं होनी थी। अपने बलगमी स्वर में रतन मंगल चण्डी की प्रशंसा में रचा गीत गा रहा था। दूसरी ओर रसोई का इन्तजाम था। आज यहीं वन-भोज है। खेसारी की दाल की खिचड़ी और अमचूर की खटाई।

इन्द्र को बहुत अच्छा लग रहा था। विचित्र शान्ति। सोरेन उसे छोड़ कब उठ गया, पता ही नहीं चला। सोरेन को खोजने के लिए उठा। खोजते-खोजते चरसा के जंगल में घुसा। चरसा के गाँववालों तथा सोरेन के रहस्य का भेदन अप्रत्याशित भेद से हुआ। जब तक ऐसा नहीं हुआ था तब तक उसका खयाल था कि उस पर इन लोगों को पूरी तरह आस्था है।

जंगल उसे खींच रहा था।

किसी जमाने में इस जंगल के बारे में उसने बहुत कुछ सुना था। शाल, पियासाल, केंद, खिरिस, पलाश—तरह-तरह के पेड़ हैं यहाँ। बरगद, पीपल और इमली। बीच-बीच में बँसबारियाँ। जंगललाट का अन्तिम चिह्न अभी भी मौजूद—वनविभाग द्वारा आरक्षित जंगल।

बहुत पहले चरसा नदी बार-बार धारा बदलने लगी थी। फलस्वरूप पहले वह जहाँ-जहाँ बहती थी, अब वहाँ जंगल है। वर्षा की बाढ़ में चरसा की प्रबल धारा

इस वनभूमि को परे नहीं ढकेलती, इस सचाई को जानकर वनविभाग ने यह जंगल खत्म नहीं किया। बेशक शालवन की सृष्टि उन्होंने नहीं की। घने-घने झाड़-झंखाड़ बहुत हैं। उससे पानी रुकता है। इस दुर्गम वन ने एक जमाने में इस इलाके का रक्ताक्त इतिहास चुपचाप देखा है—ऑपरेशन बसाई टूडू।

इन्द्र को कुछ पता था, कुछ नहीं था। भीतर घुस जाने के बाद वन की सर्वव्यापी सत्ता में उसने खुद को खो दिया। उलट-कम्बल की झाड़ियाँ, ग्वालकेंडे की लताओं के जाल झूल रहे हैं। गिलहरी दूर-दूर भागे जाती है। विचित्र हरी काई। इन रास्तों से न जाने कौन लोग जाते थे कभी! रास्ता उन्हें नहीं भूला। चलने के रास्ते में काई नहीं है। मन्त्रमुग्ध की तरह इन्द्र आगे चला गया, आगे बढ़ता गया। धीरे-धीरे वन के एकदम भीतर घुस गया।

झाड़-झंखाड़ काटकर तैयार जमीन पर हल के निशान। सोरेन। सोरेन ने चेहरा ऊपर उठाया। गम्भीर जिज्ञासु दृष्टि। काफी देर तक एक-दूसरे की ओर देखते रहे। फिर सोरेन के चेहरे पर मुस्कान उभर आई। दूसरी तरह की मुस्कान। मुस्कान में चुनौती है क्या? इन्द्र चुनौती नहीं चाहता। सोरेन के साथ उसकी कोई दुश्मनी नहीं है। दुश्मनी रह नहीं सकती। सोरेन जंगल काटकर जमीन हासिल कर सकता है। मगर वह अकेला है। उसके पीछे एक महान संगठन, राष्ट्र, प्रशासन है। और यही ज्ञान उसे मदद दे रहा है। सभी तरह की राजनीति गलत है। समझौतापरस्ती बेवकूफी। इन्द्र जैसे लोग अकेले रहकर निर्मूल राजनीति करते हैं। बेशक ऐसे लोगों के होने पर ही काम चलेगा, वरना और सभी फालतू हैं।

मगर तभी इन्द्र के मुँह से एक अद्‌भुत बात निकली। इन्द्र ने कहा, "बाड़ा क्यों नहीं लगाया?"

"अभी जमीन खाली है। धान छींटने पर पौधे निकलते ही नजर रखने के लिए आदमी रहेंगे।"

"तुम्हारी जमीन है?"

"हम लोगों की है।"

"सन्थालों की?"

"सबों की।"

"मगर यह तो फारेस्टवालों की जमीन है।"

"फारेस्ट गार्ड को पता है। वे दोनों सन्थाल हैं।"

"फारेस्ट विभाग की जमीन?"

"हाँ, अवश्य ही फारेस्ट विभाग की जमीन है। सरकार की जमीन है। सरकार

ने हम लोगों से सब-कुछ लिया है, मगर दिया कुछ नहीं है। जान कबूल, मगर भीख नहीं मागेंगे। इसीलिए सब लोगों ने मिलकर यह जमीन हासिल की है। हँस रहे हैं, यह जमीन देखी है? कितना धान देती है! जिलाकर रखती है।''

''इसके चावल से ही फिर...।''

''हाँ, इन्द्र।''

''मुझसे क्यों नहीं कहा?''

''तुम ईमानदार लड़के हो। तुम अपने तरीके से काम करना चाहते हो। मगर इन्द्र जो कुछ कहता है, उससे आगे बढ़ गया हूँ मैं। जब तुम नहीं थे, उस समय भी आगे बढ़ता रहा हूँ। मगर मन में कभी कोई भरोसा नहीं जगा।''

''नहीं जगा?''

''नहीं जगा। विश्वास नहीं मिला, न मिलेगा। बातों और काम में कोई मेल नहीं है। किस बात पर भरोसा हो? तुम खुद नहीं देख रहे हो? बर्गा रेकॉर्ड में चूहे-मूस-जैसे जमीन के मालिक मर रहे हैं। बाघ-शेर जैसे-के-तैसे ही रह गए। खास जमीन है, मगर हमें नहीं मिलेगी। वही लोग भोगते रहेंगे। यह सब जानकर गाँव में ही रह गया। हाँ, गाँव में ही रहूँगा। पुलिसवाला नहीं बनूँगा। पुलिसवाला बनकर आदिवासी और गाँव के लोगों पर बन्दूक नहीं उठाऊँगा। कलेजा जल गया है।''

''यह तो जबरदस्ती जंगल पर कब्जा करना हुआ।''

''पहले कभी नहीं देखा? लोगों को जमीन दिलाने के लिए खुद नहीं किया?''

''पहले क्यों नहीं कहा?''

''किससे कहूँ? कौन समझेगा? ईमानदार हो सकते हो, मगर जो कुछ कर रहे हो उससे कुछ होने-जाने का नहीं। जड़ पर चोट करने से शायद कुछ हो। सारी जमीन खलास कराओ, सारी जमीन। जिनके पास जमीन नहीं है, उनमें बाँट दो। कर सकते हो यह? नहीं कर सकते इन्द्र, नहीं कर सकते। इसीलिए हम लोगों ने यह इन्तजाम किया है। जमीन तो लक्ष्मी है। सूखा-अकाल में धान उधार नहीं लूँगा, महाजन के फन्दे में नहीं फसूँगा, धान धर्म-गोले में रख दूँगा। और भी जमीन हासिल करूँगा। जहाँ पेड़ नहीं हैं, झाड़-झंखाड़ हैं, वहाँ कुदाली और दाब लेकर पहुँच जाऊँगा। खेसारी और धान होता है तो लोगों के मन में भी ताकत होती है। जिसके पास कुछ नहीं है, शरीर पर खाल के सिवा कुछ नहीं है, जो हड्डियों का ढाँचा है, वह कब तक बैठे रहकर बेवकूफ बन सकता है?''

''सिर्फ बर्गादार ही नहीं, खेत-मजदूरों के लिए भी लड़ूँगा।''

''लड़ो, मदद दूँगा। सही तर्ज पर लड़कर सरकारी रेट हासिल कर लोगे?''

"नहीं, कोई नहीं देगा। तुम्हारे कहने से क्या होगा, इन्द्र? तुम्हारे दादा लोग आकर कहेंगे, "रोतोनि साऊ ढाई रुपया दे रहा है, वही ले लो। एक कट्टा फरई ले लो, ढाई रुपए लो। एक वक्त अंगर पान्ता[1] दे तो दो रुपए लो। जरा सह लो। तुम लोगों के दिन आ रहे हैं।' दिन आ रहा है, जिन्दगी-भर सुनते आए हैं। बसाई टुडु ने हथियार यूँ ही नहीं उठाया था। बहुत ही परेशानी में पड़कर उठाया था।"

"फारेस्ट की जमीन तुम्हारे पास कौन रहने देगा?"

"इस जमीन पर हाथ लगाकर तो देखें!"

"क्या करोगे, सोरेन? फिर वही गलती करोगे?"

"ठीक रास्ता कौन-सा है? तुम लोगों का रास्ता? तेलहे सिर से तेल चूता है, रूखा सिर फट जाता है। यह तुम भी देख रहे हो, पर मानोगे नहीं।"

"नहीं, मैं मान नहीं सकता।"

"मत मानो। क्या करोगे अब?"

"कुछ नहीं करूँगा। तुम क्या करते हो, देखूँगा। अपना काम करूँगा।"

सोरेन विजयी हँसी हँसा। कहने लगा, "कहीं सन्थाल हथियार उठा लें, इसीलिए कितनी तरह से प्रचार किया जा रहा है। समाज मरता जा रहा है, और मैं बनूँ पुलिसवाला! तुम्हारे बताए रास्ते पर चलने से यही होगा, इन्द्र। एक धनी जोत-मालिक के बदन में काँटा चुभने पर पुलिस आ जाती है। और फिर धान छींटने से पहले ही प्रचार कर रहे हैं कि खेती-बाड़ी को लेकर कोई हंगामा सरकार नहीं होने देगी। हंगामे पर तो अकेले जोत-मालिक का हक है न?"

पहचान नहीं सका, पहचान नहीं सका सोरेन को। व्यर्थता का बोध। उस बोध से ही और भी करीब आया था इन्द्र सोरेन के। सरकारी दर से खेत-मजदूरी हासिल करने के आन्दोलन में उतारा था कार्यकर्ताओं को। कुछ नहीं हुआ। जैसे पहले नहीं हुआ था।

और इसी बीच वर्षा। बरसते पानी में धान-रोपाई के बीच नए उत्सव में जुट गए थे। सिधु-कानु के विद्रोह की स्मृति में चरसा गाँव में जो उत्सव हुआ, भारी पानी में भीगते हुए सन्थालों के औरत-मर्द शामिल हुए उसमें।

सामन्त ने कहा था, "क्या जरूरत थी? अगले साल सरकार की ओर से किया जाएगा यह उत्सव।"

"उस समय हम लोग बड़े पैमाने पर उत्सव मनाएँगे।"

"नहीं। सरकारी अनुष्ठान ही काफी है।"

"देखा जाएगा।"

---

1. रात का बासी भात, पानी में भिगोया हुआ।

सामन्त, नवीनबाबू और मोतीबाबू से कहा था, "बदलता जा रहा है, इन्द्र बहुत ही बदलता जा रहा है।"

इसीलिए द्वैपायन सरकार के साथ इन्द्र को भिड़ा देने की बात सामन्त के मन में आई।

लेकिन इससे पहले ही बाम्भोनी के काठकाली मन्दिर के सेवाइत—पंचायत प्रधान—एक अच्छे खासे जमीन-मालिक चूड़ामणि पुतितुण्ड तथा गौर लोगों के बीच जमकर झगड़ा हुआ। इन्द्र के पास अर्जी आई ढेरों अर्जियाँ।

अर्जियाँ एक सड़क के बारे में थी। बाम्भोनी, बाकुली, सुड़ा, गंजरसुल, खेजुरहाटा, तालहाटा, कदमखुआँ—यह सभी जगहें सड़क से जुड़ जाएँगी। उससे हाटवालों को सबसे अधिक सहूलियत होगी। वैसे सभी को इससे फायदा होगा। सड़क बनाने की माँग स्थानीय लोगों ने बहुत दिनों से कर रखी थी। विधानसभा के अनेक सदस्यों के पास, अनेक अर्जियाँ पड़ी हैं, लेकिन कोई फायदा नहीं हुआ। बाढ़ के बाद सड़क बनाने के निर्णय पर लोगों ने दोनों हाथ उठाकर सरकार की सराहना की। और जिस मन्त्री महोदय ने इस सड़क के काम का उद्घाटन किया उनका बहुत स्वागत किया गया। सड़क के शुरू होने पर गाँव के लोगों को काम का भी आसरा मिला।

चूड़ामणि पुतितुण्ड, काठकाली मन्दिर के कारण प्रभावशाली हैं। पुतितुण्ड वंश को स्वप्न में प्राप्त यह काठ की काली-प्रतिमा जाने क्यों चालकुमडों के बगैर बकरा नहीं खाती? उनके मन्दिर के दीये में पूरे दस सेर तेल खपता है। यह तेल गठिया तथा सम्मोहन की महौषधि है। इससे अगर किसी को गठिया हो तो एकदम ठीक हो जाता है। कोई भी पुरुष या नारी किसी पुरुष या नारी के सम्मोहन में पड़ने पर इस तेल के कारण फन्दे में से निकल आएगा। चूँकि गठिया या सम्मोहन से उबरने की यहाँ व्यवस्था है, इसीलिए इलाके के चारों ओर जितना प्रकोप गठिया का है, उतना ही सम्मोहन का भी है। यह दैवी तेल उनके लड़के और मैट्रिक-पास पुत्रवधू बाँटती है। इसका वे पैसा लेते हैं। माँ काली के दफ्तर में काम करते हैं। झण्डा बदलकर चूड़ामणि पंचायत का प्रधान बना है।

अगर कभी पत्नी कहती, "माँ का काम क्यों नहीं देखते?"

चूड़ामणि हँसकर कहता, "तुम क्या समझोगी! अभी जो करता हूँ, वह काम भी माँ ही ने जुटा दिया है। कभी सोचा नहीं था कि इतने पैसे हाथ से पकड़ूँगा।"

सरल और शिशुप्राण सरकार। चूड़ामणि जैसे झण्डा बदलनेवाले चंट जोतदार और सेवाइत को पंचायत का प्रधान बनाया और यह भी तय किया गया कि चूड़ामणि के हाथों से इलाके के विकास की विविध योजनाओं पर रुपए खर्च कराए

जाएँगे। इसके पीछे कोई बुरा खयाल नहीं है। कल का तिरंगा आज लाल हुआ है! होगा क्यों नहीं? हृदय परिवर्तन हुआ है। इस तिरंगे ने ग्राम-जीवन में तरह-तरह की भूमिकाएँ की हैं। वह महाजन भी बना है, उसके हाथ में कच्चे रुपए भी रहे हैं। लेकिन इससे क्या? वह क्या अभी भी पंचायत का सिरमौर नहीं बना हुआ है?

चूड़ामणि के हाथों से रुपए खर्च हो रहे हैं। सड़क बन रही है। अचानक सड़क का काम बन्द। इन्द्र आदि के पास अर्जियों पर अर्जियाँ। उस समय सुबह के दस बजे होंगे। बी.डी.ओ. दफ्तर से बीज-धान किसे कितना जारी किया गया है, इन्द्र ने यह जानना चाहा था। दफ्तर के लिपिक ने कदम के हाथ में 'आषाढ़ के महीने में मछली की अच्छी पैदावार के लिए मछली के पोटों का सम्वर्धन तालाब बनाने' से सम्बन्धित कागजात थमा दिए। जागुला के मत्स्य-विभाग के अफसर बी.डी.ओ. दफ्तर के माध्यम से इनका प्रचार करा रहे हैं और स्वयं वर्षा उतरने से पहले 'माँ तारा' स्पेशल में केदारनाथ-बद्रीनाथ घूमने के लिए गए हुए हैं।

इन्द्र एक तरफ़ तो उसे डाँट रहा था और साथ ही सरकारी प्रचार में भाषा की करामात देख-देखकर बेहोश हो रहा था। उसकी समस्या धान और धान रोपनेवाले किसान थे, 'मछली के प्रणोदित सम्वर्धन में मछली के खेतिहर' नहीं। उसकी धारणा है कि मछली की खेतीवाले पोखर में वैज्ञानिक खाद के इस्तेमाल में पहल करना असम्भव है। हारान को यह समझाना असम्भव है कि सरकारी खाद बिक्री के लिए नहीं, इस्तेमाल के लिए है। इन्द्र के कहने से भी क्या होगा? हारान को पता है कि खाद खरीदते ही नकद रुपए देने होंगे, फिर चाहे उसकी कीमत कितनी ही कम क्यों न हो। रुपए तो रुपए हैं! और हारान वगैरह को यह भी पता है कि एक बार सरकारी खाद का स्वाद चख लेने पर धरती राक्षसी बन जाएगी। लगातार यही खाद माँगेगी। गोबर की खाद से काम नहीं चलेगा। इससे तो गोबर की खाद बेहतर है।

इसी बीच उन्हें डिमडिम की आवाज सुनाई पड़ी। ढोल को धीरे-धीरे डण्डी से पीटते हुए जाने कौन लोग आ रहे हैं। कौन लोग? क्या हुआ? क्या चरसा में कुछ हुआ है? बहुत दिनों से उधर नहीं गया था।

डोम, सन्थाल, केवट, काउरा—पच्चीस के करीब आदमी। हर उम्र के लोग उस भीड़ में थे। साथ कई लड़के भी थे। गौर, कदम, रजत इन्हें जानते हैं। लड़के सिर्फ उसके ही दल के नहीं, सभी राजनीतिक दलों के हैं। वह लड़का उग्र राजनीति का समर्थक है। यह लोग सभी पार्टियों के हैं। उन दो लड़कों ने जिन्दगी में कभी

भी वामपन्थी राजनीति नहीं की। अचानक सभी क्यों इकट्ठे हो गए हैं? किस कारण से?

लड़के आगे आए। अर्जी है। निमन्त्रण-घर की टेबुल पर बिछानेवाले रोल कागज में लिपटी हुई अर्जी। दस हाथ लम्बे कागज के ऊपर संक्षिप्त बयान लिखा हुआ है। फिर शुरू से अन्त तक अँगूठे के निशान।

चूड़ामणि द्वारा किए गए विभिन्न कारनामों की संक्षिप्त सूची। सड़क का काम बन्द है, फिर शुरू होगा। अच्छी तरह वर्षा उतरने से पहले तक चलेगा। पहले चूड़ामणि का फैसला हो। जागुला में, ब्लॉक दफ्तर में, सदर न्यायाधीश के यहाँ बार-बार शिकायत करके भी कोई फायदा नहीं हुआ।

चूड़ामणि चार-चार आने पैसे देकर आदमी रिक्रूट कर रहा है। वह हिसाब दिखा रहा है कि सात सौ लोग खट रहे हैं। असल में खटते हैं तीन सौ लोग। बाकी चार सौ लोगों की दिहाड़ी वह खुद हड़प रहा है। पहले जितना गेहूँ दिया गया था, इसी तरह बाँटा गया था। चूड़ामणि हफ्ते में एक दिन उन्हें मजदूरी नहीं देता। कहता है, वह रुपया मन्दिर की सेवा में देना है। मजदूरी दो रुपए। इस तरह मजदूरी हड़पकर महीने में चौबीस सौ रुपए मार रहा है। इस आरोप की सचाई का प्रमाण चूड़ामणि की मौजूदा सम्पत्ति है, जो उसने एक साल में जुटाई है। सम्पत्ति है : जागुला स्टेशन के सामने सिनेमाघर, विभिन्न रूटों पर चार बसें, जागुला में भाड़े पर चलनेवाली दस लॉरियाँ। सब-कुछ बेनामी है। सिनेमा की मालकिन जयकाली कोई मानवी नहीं है, काठकाली के साथ पूजे जानेवाली जयकाली देवी है। चार बसें जिन लोगों के नाम पर हैं, वे बहुत पहले ही स्वर्ग सिधार चुके हैं। लॉरियों का गैरेज पुत्रवधू के पिता के नाम पर है, जिनकी मृत्यु के बाद उनकी लड़की की शादी हुई थी। इसका फैसला करना पड़ेगा।

इन्द्र के दल के लड़कों ने कहा, "इज्जत की लड़ाई है। इसीलिए सभी इसमें हिस्सेदार हैं—बी.डी.ओ. बाबू, पुलिस-चौकी सभी।"

सबके साथ इन्द्र भी गया था। धीरे-धीरे जनता की भीड़ इकट्ठा हो गई थी और विशाल जनता ने चूड़ामणि को घेर लिया था। चूड़ामणि पहले चिल्लाया। मगर बहुत ही गुस्से में इन्द्र ने उसे हवा में उछालकर धप्प से नीचे उतारा। कहा, "आम जनता के सामने तुम्हारा फैसला होगा, जवाब दो।"

"दूँगा, दूँगा।"

"रुपए का हिसाब दो।"

"सब दूँगा।"

"रुपए हड़पे हैं?"

“रुपए लिए हैं।”

“कितने?”

“यही सात हजार।”

“सात हजार?”

फिर उसे ऊपर उठाकर इन्द्र ने हवा में कई बार चक्कर खिलाए। इस बार चूड़ामणि रो पड़ा। कहने लगा, “मारो मत। उफ! सिर कितना चकरा रहा है। बेटे! तुम नक्सली काम क्यों कर रहे हो?”

“नक्सली काम करने पर तुम्हारा सिर कोंहड़े की तरह बलि चढ़ता। उस समय बहुत हुआ कि बच गए?” किसी ने कहा।

“वह तो है, वह तो है, मगर बातचीत से मामला साफ हो सकता है, क्यों?”

इन्द्र ने गरजते हुए कहा, “चोर के साथ बातचीत?”

अब चूड़ामणि ने पीर से कहा, “जितना लिया है, सारे का हिसाब मेरे पास नहीं है। मगर रुपए दूँगा।”

स्थानीय अगुवा लड़के लोग आगे बढ़ आए। चूड़ामणि ने दूसरे दिन बैंक से रुपए निकालकर देना कबूला। इन्द्र ने कहा, “आज यहाँ कई लोग रहेंगे। कल इसे साथ लेकर बैंक जाएँगे। इनके लड़कों पर भी नजर रखना।”

तीसेक लोग बैठे रहे। सामने बैठे हैं चूड़ामणि और उनके लड़के। इन्द्र बोला, “पंचायत से इस्तीफा देना पड़ेगा। तुम्हारा सिनेमा और गैराज मैं बन्द करके छोड़ूँगा।”

समय बीतता गया, बीतता गया। जुटे हुए लोग मजदूरी के रुपए वापस पाएँगे, यह जानकर वे धीरे-धीरे लौट गए। बहुत गालियाँ दीं। खूब मखौल उड़ाया चूड़ामणि का! चूड़ामणि कहने लगा, “तुम लोगों ने जो किया है, इसका बदला माँ लेंगी। लिखा भी है, दस दिन चोर के तो एक दिन साधू का।” इन्द्र उसे डपटने लगा।

फिर पुलिस आई। चूड़ामणि की मैट्रिक-पास पुत्रवधू की ओर किसी का ध्यान नहीं गया था। गोद के लड़के को सास को थमाकर ‘जय माँ काठकाली’ कहकर वह खिड़की के रास्ते घर से निकल गई। दौड़ती चली गई। पहले गई बी.डी.ओ. दफ्तर। वहाँ कमरे में घुसकर वह कुर्सी पर जा बैठी। दफ्तर के जिस लिपिक ने चूड़ामणि की मेहरबानी से पक्का मकान खड़ा किया है और हरियाणा का बैल खरीदा है, वह पुलिस-चौकी पहुँचा।

पुलिस ने आते ही बेधड़क लाठी चलाई और इकट्ठा लोगों को मारने लगी। जवाब में इन्द्र और उनके साथियों ने भी मारा। गौर का सिर फट गया और उसमें

से खून गिरने लगा। उसे सँभालने के लिए आगे बढ़ा तो इन्द्र की गुद्दी पर खाँडे की तरह लाठी की चोट हुई। चारो ओर अँधेरा छा गया। तभी सिर पर लाठी गिरी। खून।

पुलिस इन्द्र और गौर को अस्पताल ले गई। पुलिसवाले पहले थाने ले जाकर पार्टी के लड़कों को छोड़ बाकी सभी पर केस बनाना चाहते थे।

चूड़ामणि पुतितुण्ड ग्राम-जीवन के एक अपरिहार्य स्तम्भ हैं। चूड़ामणि जैसे लोग समाज के प्रतिष्ठित अंग हैं। सरकारें आती हैं, सरकारें जाती हैं, चूड़ामणियों का कुछ नहीं बिगड़ता। किन्तु शंकाजनक घटना यह है कि चूड़ामणि के कारनामे की वजह से सभी दल तथा विचारधारा के लड़के एकजुट हो गए हैं। शासक दल के लड़कों में अपने नेताओं के प्रति अनास्था बहुत डर की बात है।

पार्टी के लड़कों के दबाव डालने पर सबको छोड़ देना पड़ा और बहुत ही परेशान होकर सामन्त को चूड़ामणि से बकाया मजदूरी दिलानी पड़ी। मजदूरों की संख्या से चार सौ नाम छँट जाएँगे, रुपए हासिल किए जाएँगे, आदि के बारे में जबानी आश्वासन दिए गए। चूड़ामणि फिलहाल दक्षिण के भ्रमण पर चला गया। फलस्वरूप सब-कुछ दबा रह गया। लड़के कहते हैं, ''सड़क का काम चलेगा, हम लोग रुपए देंगे।''

सामन्त खीझ उठा, ''वही करो। कौन लोग तुम्हें उकसा रहे हैं, गलत रास्ते ले जा रहे हैं, यह नहीं समझ पा रहे हो तुम!''

आंशिक विजय। वही चूड़ामणि रहा, उसकी सम्पत्ति बरकरार रही, रुपए का हिसाब बकाया रहा। फिर भी यह सुना गया कि उनकी बड़ी जीत हुई है।

अस्पताल में ही इन्द्र ने सब-कुछ सुना। मन में अतृप्ति, अशान्ति, क्षोभ। विषण्ण चेहरा लेकर कदम एक दिन उससे मुलाकात करने गया। उसके बगल में दबे थे, 'भारत-जर्मन खाद प्रशिक्षण योजना', 'बिशु नर्सरी एण्ड एग्रीकल्चरल फार्म प्राइवेट लिमिटेड' तथा 'कुमार ट्रैक्टर कलेक्टिव' के बहुत सारे विज्ञापन। नवीनबाबू के साथ बात करने पर उन्होंने थोप दिए हैं। उसके बाद एक सर्टिफिकेट दिखाया। विषण्ण आवाज से अपने दुख की कहानी सुनाई। कदम के घर के छाजन पर एक राक्षसी कोंहड़ा फला था। उसके बड़े भाई उसे बेचने के लिए ले गए थे। संयोगवश कदम साथ था। दोनों पहले कृषि-प्रदर्शनी में गए। मोतीबाबू ने उनसे कोंहड़ा ले लिया और प्रदर्शनी में रखा। कोंहड़ा बाद की प्रदर्शनी में भी गया और कदम को एक सर्टिफिकेट मिला है। सुनते ही माँ बिगड़ जाएगी, क्योंकि वह लड़के को पार्टी को दे सकती है, लेकिन कोंहड़ा प्रदर्शनी में देने पर काम नहीं चलनेवाला। हालत बहुत ही खराब चल रही है।

फिर कदम कहने लगा, "वह और गौर गाँव से सब्जी लाकर हाट में बेचेंगे। देखेंगे कि थोक व्यापारी लोग क्या तिकड़म करते हैं? उसके बाद खुद सहकारिता संघ बनाकर शहर में चालान देंगे।"

"और काम नहीं है?"

"कदम और कोई काम नहीं करेगा, गौर भी नहीं करेगा। दीनू तो अण्डे का व्यापार करेगा। किसलिए करें वे लोग कोई और काम? जी-जान लगाकर काम करने पर पार्टी के लिए उसका क्या मूल्य है? चाहे कोई धन्धेबाजी करे, लेकिन पार्टी के लड़के होकर उनसे यह काम नहीं होगा।"

"पहले मैं लौट आऊँ, फिर करना यह सब-कुछ।"

"हाँ, उसके बाद ही बात बनेगी।"

कदम उसे शरमाते हुए एक बण्डल बीड़ी और दो बिस्कुट देकर चला गया। जाने से पहले कह गया, "हम लोग भी दाँत गड़ाए पड़े हैं, अभी नहीं छोड़ेंगे। हाट गंज में दीनू, सोरेन घोषणा कर रहे हैं कि हम लोग साथ-साथ हैं। उन्होंने बात फैलाई है कि मन्दिर के तेल में कोई गुण नहीं है, केवल पैसे खींचने का तिकड़म है। अस्पताल जाओ, दवा मिलेगी।" सोरेन ने तर्क दिया, "अगर मन्दिर के तेल में जो गुण हैं वैसे किसी चीज में नहीं हैं तो फिर पुतितुण्ड परिवारवाले शहर से डॉक्टरी दवाई क्यों मँगाते हैं? उनकी बुआ गठिया से अपाहिज क्यों है?"

"यह सब सोरेन कह रहा है?"

"हाँ, कह तो रहा है। और बी.डी.ओ. की बदली हो गई है। और क्या कहना था? अरे हाँ, बड़ी बात तो भूल ही गया हूँ। सिधु-कानु के हूल को लेकर सोरेन बहुत बड़ा उत्सव मनाना चाहता है। हम लोगों से मदद लेगा। सिधु-कानु का मेला लगाया जाएगा। रोतोनि का गुमाश्ता, पुतितुण्ड का लड़का वगैरह सब कह रहे हैं कि बसाई टुडु फिर आ जाएगा। वे बहुत डर गए हैं।"

"क्यों? यह बात क्यों कर रहे हैं?"

कदम ने गरदन घुमाकर इन्द्र के माथे की तरफ देखा। कहने लगा, "पहले चूड़ामणि का घेराव किया और अब सिधु-कानु का फंक्शन करने जा रहे हैं। इसी कारण वे दो-दो चार जोड़ रहे हैं। माथे पर अभी भी पट्टी बँधी है। तब गोली चलाने से भी नहीं डरे थे। अब उन्हें क्या हुआ है?"

"सिर और गरदन बहुत ही नाजुक अंग हैं।"

कदम चला गया। गोरा बाबू साइकिल पर चढ़कर आए। इन्द्र की ओर देख मन का उद्वेग जताने के लिए बोले, "तुम्हें पता नहीं है कि पुलिसवालों की बदली कर दी गई है? जिन लड़कों के उकसावे पर तुम्हें गलतफहमी हुई थी, उन्हें भी

आगाह कर दिया गया है।''

इन्द्र चुप रहा।

''हम लोगों को हर कदम सोच-समझकर आगे बढ़ाना चाहिए। हठधर्मी से काम नहीं करना चाहिए, जैसा उस दिन किया था। क्या हमें ऐसा करना चाहिए या ऐसा कर सकते हैं? हम क्या उग्रपन्थी हैं?''

इन्द्र कुछ नहीं बोला।

''अस्पताल से छुट्टी मिल जाने पर हम लोग आलोचना के लिए बैठेंगे। क्योंकि पार्टी की नीति अनुशासन के लिहाज से...।''

इन्द्र बीच में बोल उठा, ''आत्मालोचना और आचरण का मूल्यांकन निहायत ही जरूरी है। इनके बिना कार्यकर्ता और पार्टी कोई एक हो सकते हैं?''

''बिलकुल ठीक, तुम तो जानते ही हो।''

गोरा पसरकर बैठा था। वैसे भी वह खुले दिल का आदमी है, इसीलिए उसने माना कि यह काम उसका नहीं है। नवीन-दा को खुद आना चाहिए था, वे खुद नहीं आए...।

इन्द्र ने आँखें बन्द कर लीं और चुप लेटा रहा। थोड़ी देर तक बक-बक करने के बाद गोरा उठ गया। इन्द्र सो गया।

दूसरे दिन सोरेन, रतन और दीनू का मौसा सदानन्द मिलने आया। रतन के मुँह से निकला, ''उफ! कितने टाँके लगाए हैं, दाग रह जाएगा। यह तो बहुत बुरा हुआ।''

इन्द्र हँस पड़ा। ''दाग रह भी जाएगा तो क्या बुरा है? मैं क्या कोई लड़की हूँ कि चेहरे पर नुक्स आ जाए तो रोने लगूँ।''

सोरेन उसकी ओर मुस्कुराते हुए देख रहा था। उसके बाद बोला, ''झटपट अच्छे हो जाओ। हूल का फंक्शन करने जा रहा हूँ? हम लोगों के उद्धव ने नाटक तैयार किया है। गीतों को सुर मैंने दिया है।''

''अभिनय भी होगा?''

''नाच, गाना, अभिनय—सब-कुछ होगा।''

''मेरे शरीर का जो हाल हुआ है...।''

''धत्त! दस दिन बिस्तर पर पड़े रहने पर कमजोरी लगने लगती है।''

''इसके अलावा तुम लोगों के साथ मेरा...!''

''जमीन-आसमान का फर्क है। यहाँ से चलो तो सही!''

''चलूँ कैसे?''

''कब छोड़ेंगे?''

"शायद परसों।"

"बैलगाड़ी में बिठा ले जाऊँगा। लाया तो हूँ। फूस बेच दिया है। कम नहीं, एक सौ दस रुपए में!"

"चाहता हूँ कि कहीं जाकर सो जाऊँ।"

"इतना काम किया है! काम नहीं है क्या वह तुम्हारा?"

रतन अचानक बूढ़े बुजुर्ग की भूमिका निभाते हुए कहने लगा, "अरे बाबू! बात से बात बढ़ जाती है। काम की बात पर क्यों न गौर करें? इन्द्र! तुम एक भरोसा हो, लड़कियों की तरह क्यों करते हो? यह लड़ाई मजदूरी हासिल करने की लड़ाई है। तुम सोरेन के घर के ऊपरवाले कमरे में रहो। वहाँ आराम भी मिलेगा। बाम्भोनी में तुम्हारी देखभाल करनेवाला कोई नहीं है। उस दिन पता नहीं था। तुम्हारे बाप को जानता था। वह बहुत ही डरपोक था, जल्दी से डर जाता था। तभी तो राम भुईयाँ के बाप ने उसे उजाड़ा। वैसे भी तुम्हारे पास कोई ठौर कहाँ है? अच्छा चलो, उठो सब।"

इन्द्र ने जैसे अचानक कुछ तय कर लिया। लेकिन उनसे कुछ नहीं कहा।

दूसरे दिन, लगभग डाँट-डपटकर इन्द्र ने रिलीज लिया और बाहर निकलकर एक रिक्शा पकड़ा। बहुत दिनों तक लेटे रहने के बाद उठ खड़ा होने पर सिर चकराएगा ही। गरदन का ध्यान भी रखना पड़ेगा।

सदानन्द का मकान। उसे रिक्शा से उतरते देख रतन और दीनू दौड़ आए। इन्द्र ने कहा, "किराया दे दो। गाड़ी कहाँ है? आज ही जाऊँगा।"

बैलगाड़ी में बिछे फूस पर बोरी के बिस्तर पर लेटकर चरसा लौटना। सोरेन के घर के बरामदे में बैठकर चाय पीना। गौर, कदम और रजत का आना। सबका मिलकर भात खाना। ऊपर कोठे की सीढ़ी चढ़ते हुए इन्द्र कहने लगा, "बहुत-सी बातें हैं।" फिर एक भी बात न कहकर वह सो गया। नींद खुलते ही खिड़की से आसमान दिखाई दिया। हरर-हरर की आवाज सुनाई दी। सूअरों को भगाकर घर में ला रहे हैं वे लोग। नीचे से सोरेन की आवाज सुनाई पड़ी, "अक्षर पहचानते-पहचानते ही तेरी मूँछें निकल आईं, सना! तुझसे पढ़ाई नहीं चलने की।"

सुनते सुनते इन्द्र फिर सो गया। क्या उसके शरीर को इतनी नींद की जरूरत थी?

दूसरे दिन सुबह बदन हलका था। उठकर सना के साथ चरसा के तट पर पहुँचकर दैनिक कर्म से निपटे और नदी की पतली धार में मुँह धोया। लाई और प्याज खाते हुए नदी के किनारे घूमते रहे। सना ने उसे आग्रह के साथ डोम टोली की गड़ही दिखाई। कहने लगा, "अभी मिट्टी खोदी जा रही है, हम लोगों ने

मिट्टी निकाली है, दुबारा खोद रहे हैं। अभी भी थोड़ा-बहुत पानी रहता है।"

"यह है क्या?"

"नदी किनारे डहर बना रहे हैं।"

"डहर?"

"सना का बाप कहता है, 'पानी की तकलीफ बहुत है। नदी किनारे डहर खोदने पर पानी मिल सकता है।' "

"कुआँ खोदना चाहिए।"

"यह सभी को पता है। मगर हम लोग कुआँ खोद नहीं सकते। कुएँ का खर्च बहुत अधिक है।"

कुआँ नहीं है, पानी नहीं है। चरसा जैसे कितने ही गाँव हैं, जहाँ पीने का पानी नहीं है। पुराने तालों का जीर्णोद्धार क्यों नहीं किया जाता? सातदीघा गाँव के छः ताल भी बुरी दशा में हैं। केवल एक में साफ पानी है। पानी नहीं है, इसीलिए आसमान की ओर ताकते हुए पूजा-पाठ किया जाता है। पानी के लिए गुहार मचाई जाती है। सुना है, सातदीघा के एक ताल में पानी ऊपर नहीं आया था। उस समय द्रोण डोम ने पानी को पुकारा था और पाताल से पानी ऊपर उठ आया था। ऐसे बहुत से किस्सों में देहाती इनसान आज भी आस्था रखते हैं। प्रकृति पर निर्भर रहोगे तो अलौकिक में आस्था रहेगी। विज्ञान को आधार बना लो, अलौकिक पर आस्था नहीं रहेगी। लेकिन यह सब कौन करेगा? रतन कहता है, "यह तमाम बातें कौन-सी व्यवस्था में हो रही हैं? किसकी व्यवस्था है यह?"

सोरेन ने कहा, "तुम अपना काम करो, मैं अपना। अपने-अपने रास्ते पर रहो। फिर देखेंगे कि कौन-से रास्ते से क्या मिलेगा?"

"ठीक कहते हो, सोरेन।"

"इससे थोड़ी ताकत मिली है?"

"एक दिन नहीं, अकसर मुर्गा क्यों खिला रहे हो?"

"मटर बेचकर उस बार मुर्गी खरीदी थी। घर-घर में कहलाया था। सब अपने-अपने घर में मुर्गी पालो। अण्डा बेचो, मुर्गा बेचो। मैं कभी भी नहीं बेचता।"

"फिर भी रोज-रोज मुर्गे की जरूरत नहीं है।"

"यह रास्ता सारा-का-सारा गलत है। वह रास्ता पूरा-का-पूरा सही है। मान लेता, अगर वैसा काम देखता। काम का अता-पता नहीं है। जमीन-मालिक और पुलिस—दो यमों से छुटकारा नहीं है। यह सब देखकर सोचा कि जीने का कुछ हिसाब-किताब करना पड़ेगा, वरना मर जाएँगे।"

''समझा, मगर...।''

''हथियार उठाएँ या नहीं? अगर हथियार उठाने को कहें तो हथियार उठा लेते हैं। उस दिन पुतितुण्ड के घर पुलिस मार-पीट कर रही थी। हाथ में अगर लाठी रहती तो...क्या वे मार पाते? खाली हाथ होते भी तो शेर की तरह कूद पड़े थे।''

''उस समय भला विश्लेषण की ताकत रहती है! उस समय तो मन में गुस्सा भरा होता है।''

''तुम्हारे फंक्शन की तैयारी कहाँ तक पहुँची है?''

''जरा पानी पड़े, रोपाई हो जाए। उसी समय फुरसत मिलती है, फुरसत का काम है। हूल के बारे में अच्छी तरह पता नहीं था। पढ़ने-जानने में समय लगेगा।''

कई दिन बाद सामन्त ने इन्द्र को बुलाया। इन्द्र के पहुँचते ही वह बोल उठा, ''सोरेन से बहुत घुल-मिल रहे हो। कितना जानते हो उसे? मैं नहीं चाहता कि सन्थाल लोग अपने किसी प्रसंग को लेकर नाचें-कूदें। बहुत ही जटिल मामला है यह।'' इन्द्र का सम्पर्क द्वैपायन के साथ तभी हुआ था।

द्वैपायन सरकार की बात सुन सोरेन की आँखें दुर्बोध्य हो गई थीं। कहने लगा, ''कुछ बात है क्या?''

''क्या हो सकती है?''

''पता नहीं। आदिवासियों की तरफ बहुत ध्यान दे रहा है वह। देखता हूँ तो जरा डर लगता है। सरकारी आदिवासी अपनी पार्टी का तो आदमी है नहीं?''

''नहीं। दूसरी पार्टी का आदमी है।''

''मिशनरी को पहचानता हूँ, राजा बाबू को भी पहचानता हूँ। लेकिन यह आदमी अपरिचित है। तुम कह रहे थे कि चरसा, बाकुली और कदमखुआँ जाने की मनाही है?''

''हाँ।'' इन्द्र संशय में था और अस्वस्ति भी।

''जो लोग सिर खपाकर नक्सली आन्दोलनों पर अंग्रेजी में किताब लिखते हैं, वे भी इन तमाम गाँव-गिराँव का चक्कर लगा गए हैं।''

''लेकिन वहाँ के चक्कर नहीं लगाए।''

''देखो, यह बात छोड़ो। हम लोगों के फंक्शन में बाकुली के सन्थाल लोगों ने जो बात कही है, वह बात असली है। बसाई टुडु को लेकर जितने गाने रचे गए हैं, वे सभी गाने उसमें गाए जाएँगे। कहते हैं कि वह भी सन्थाल था। सिधु-कानु की लड़ाई को नए सिरे से देखा गया है, उसका नाम लेना ही पड़ेगा।''

''यह सब मैं नहीं जानता।''

"लेकिन मैंने एक तरह से फैसला किया है...।"

"क्या फैसला किया है?"

"सबसे पहले पेश किया जाएगा बाबा तिलका माझी का प्रसंग। उसके बारे में बहुत कम लोगों को पता है। मगर अंग्रेजों के साथ पहली लड़ाई उसी ने ही शुरू की थी। हाँ। सिधु-कानु की लड़ाई से सत्तर साल पहले। उसके बाद कहूँगा सिधु-कानु-चाँदो-भैरव की कथा। उसके बाद सुनाई जाएगी मालदह के जिता सन्थाल की लड़ाई। उसके बाद तेभागा की लड़ाई में शहीद हुए सन्थालों का वर्णन आएगा। बाद में बसाई टुडु और नक्सलियों की यादगार में भी पर्व मनाया जाएगा। इन सब प्रसंगों की नौटंकी तैयार की जाएगी। मैं सुमिरन गाऊँगा।"

इन्द्र गम्भीर हो गया। कहने लगा, "यह सब बातें सबसे मत कहना। कहने से भारी गड़बड़ खड़ी हो जाएगी।"

"अच्छा!"

"उस आदमी के कारण इस मौके पर फँस गया।"

"सामन्त को कैसे पता चलेगा? ले आना न उसे भी!"

हलकी बारिश हो रही है। झमाझम बारिश के दिन आते हैं अचानक। रूखे लाल प्रान्तर में हरे घास के अँखुए फूटते हैं। बारिश आने पर पंछियों का झुण्ड कीड़े-मकोड़े खाने के लिए जमीन पर उतरता है। कदम के घर के छाजन पर फिर बड़ा कोंहड़ा फलता है। रोपाई तेजी से चलती है। बीजतल्ला से लाकर धान के पौधों का खेतों में बोना, रोपाई करना या धान गोड़ना आदि–सभी के लिए खेत-मजदूर चाहिए। सरकारी रेट पर खेत-मजदूरी हासिल करने का आन्दोलन। वह यह नहीं कर पा रहा है, इसलिए इन्द्र को दुख हुआ। सामन्त, नवीनबाबू, मोतीबाबू नहीं चाहते कि यहाँ वह रहे। वह भी यह समझता है। चूड़ामणि पुतितुण्ड की घटना। दीनू और रजत कह गए हैं कि इन्द्र निश्चिन्त होकर चले जाएँ। खेत-मजदूरी के इस मामले में वे लड़ाई जारी रखेंगे। इस लड़ाई में वे विभिन्न दलों के लड़कों को भी अपने साथ शामिल करेंगे। सभी दलों के लड़के अच्छे हैं, वरना चूड़ामणि के साथ लड़ाई लड़ने के लिए क्यों आते भला? उनका अपना दल या संगठन नहीं है क्या? काम के माध्यम से उनके साथ एकजुट होना पड़ेगा। बेकार तथा अवसरवादी नेतृत्व के समान्तर मजबूत संगठन बनाना पड़ेगा। इन्द्र ऐसी बातें क्यों सोच रहा है?

जाने से पहले इन्द्र ने नवीनबाबू से कहा, "बसाई टुडु के आन्दोलनवाले गाँवों में तो आप लोगों ने उस आदमी को दौरा नहीं करने दिया है। फिर उसे दूसरे गाँव क्यों दिखा रहे हैं?"

“पता नहीं है इन्द्र, मुझे कुछ पता नहीं।”

“कौन है यह आदमी? पीर या पैगम्बर?”

“पता नहीं।”

“अचानक मेरी गरदन पर यह चोट क्यों? मैं क्या सारे गाँवों को जानता हूँ? जिन लोगों को पता है वे वहाँ क्यों नहीं भेजे जाते?”

“पता नहीं। शायद गोरा जाए।”

“गोरा बाबू? सदर छोड़कर?”

गोरा ने कहा, “जरूर जाऊँगा। तुम मेरे नीचे हो। अभी भी कम जानकारी है तुम्हारी। मेरे साथ घूमने पर तुम कुछ सीखोगे भी। खेतीबाड़ी चल रही है, वरना बेटेराम को उनका उत्सव दिखा देता।”

द्वैपायन कहने लगा, “उत्सव मैंने बहुत-से देखे हैं। उत्सवों में नाच-गाना अब पहले जैसा जमता नहीं है।”

गोरा बोला, “वैसा नाच अब कहीं नहीं होता। क्यों नहीं होता, इसका किसी को नहीं पता। सब दूसरी तरह के होते जा रहे हैं न।”

इन्द्र शरारत से बोला, “शायद खाना नहीं मिलता, इसलिए।”

गोरा ने जवाब दिया, “तुम ठीक कह रहे हो।”

द्वैपायन ने एक छोटा भाषण ही दे मारा। “खाना मिले या न मिले, नाच के साथ उसका कोई सम्बन्ध नहीं है। सन्थाल और दूसरे आदिवासी लोग जिन्दगी की खुशी से नाचते हैं। जिन्दगी की खुशी एक ऐसी चीज है, जिसके साथ भूख का कोई सम्बन्ध नहीं है।”

गोरा मूर्खानन्द है। उसने चिढ़कर कहा, “अच्छा! पेट के भात के साथ उसका कोई सम्बन्ध नहीं है?”

“नहीं। यह सब बातें विदेशी विशेषज्ञों को ही पता है।”

“खाना न जुटने पर भी ‘बाबू आए हैं जी’ कहकर नाचना होगा?”

द्वैपायन अवज्ञा की हँसी हँसकर चुप हो गया।

“भूख के कारण नष्ट नहीं हो रहे हैं, अच्छी बात है! फिर उन लोगों की जिन्दगी की खुशी किसलिए नष्ट हो रही है?”

द्वैपायन पेचीदा, लेकिन परम धैर्य की हँसी हँसा। अपने भाषण का दूसरा दौर। “उन लोगों में राजनीतिक चेतना जगाना, उनमें गैर-आदिवासी शिक्षा-व्यवस्था चालू करना जैसी बातें ठीक नहीं हैं। उससे उनका मौलिक आदिवासीपन नष्ट हो जाता है। उनके लिबास में, बातचीत में फर्क आ जाता है।”

गोरा और भी जल-भुन गया। वह जीप की सीट पर लपककर बैठने के बाद

बोला, "यह कैसी बात हुई?"

"बहत अधिक राजनीतिक चेतना के कारण ही पृथकतावाद आ रहा है। बिलकुल साफ दिखाई पड़ रहा है यह सब-कुछ।

इन्द्र खुराफात के मूड में कहने लगा, "लिबास और बातचीत नहीं बदलेगी? लिखाई-पढ़ाई सीखने पर, काम-धाम करने पर उस दुनिया का कोई असर नहीं पड़ेगा?"

द्वैपायन लगभग दहाड़-सा पड़ा, "नहीं, नहीं। वैसे आदिवासी कृत्रिम-कृत्रिम नजर आएँगे।"

इन्द्र ने तर्क दिया, "आप शोध के लिए जीप में चढ़कर गाँवों में पहुँचे तो इसी उम्मीद में वे लिखाई-पढ़ाई और काम-धाम छोड़कर छोटी-छोटी धोतियाँ पहने नाचती रहें...ऐसा भला क्यों है?"

"क्यों नहीं!" द्वैपायन ने नासमझी को समझ देते हुए कहा, "वे लोग खुद ही समझेंगे कि उनका सही रूप वही है।"

"किसने कहा है यह आपसे? कौन-से भगवान ने कहा है?"

"बहुत, बहुत लोगों ने कहा है। इसी को लेकर कम काम हो रहा है भला?"

"राजनीतिक चेतना की बातें बहुत करते हैं।" गोरा फिर तमतमा गया, "जानते हैं, उन लोगों ने हूल किया था? क्यों, नहीं किया था क्या? उसी को लेकर यह फंक्शन भी होगा। उसे देखिएगा।"

"दूसरे लोग के सिखाने पर वे लोग हूल जैसी लड़ाई करेंगे। अपूर्व! तीर और धनुष! लाल कँकरीले मैदान में काले लोगों की भीड़। मगर यह लड़ाई गलत है, यह भी समझेंगे वह। क्योंकि बन्दूक के सामने तीर-कमान डट सकती है क्या? उन्हें खुद पता चल जाएगा।"

गोरा थोड़ा नासमझ और सीधा है, इसलिए बोल उठा, "खाक समझा है। बसाई टुडु के बारे में कुछ नहीं पता है न? कई सालों तक सरकार को थर्रा दिया था उसने।"

"कोई फायदा हुआ है उससे?"

इन्द्र ने गोरा का हाथ दबाया। गोरा कहने लगा, "नहीं-नहीं, लाभ क्या होगा? हिंसा कोई अच्छी बात नहीं है। यही हम उन्हें सिखा रहे हैं।"

"बसाई टुडु के बारे में मैं खूब जानता हूँ।"

"छोड़िए।"

गोरा बेचैनी के साथ चुप था। बाकुली पीछे छूट गया था। सूड़ा गाँव पास आ रहा था। गोरा कहने लगा, "इस जगह पर डाकबँगला होगा, कभी नहीं सोचा

था। सब-कुछ उस बसाई की लड़ाई के बाद से ही हुआ। धत्त! फिर वही बसाई जबान पर आ गया।''

निहायत ही छोटा डाकबँगला। दो कमरे हैं। दोनों बाजू बाथरूम हैं। बँगला कँटीले तारों की बाड़ से घिरा हुआ है। भीतर खेत में कोंहड़ा, मिर्च, तरोई। बँगले से जुड़े एक कमरे में चौकीदार के रहने की व्यवस्था है। गोरा ने पहले से ही सब-कुछ व्यवस्था कर रखी थी। गाँव के प्राथमिक स्कूल के शिक्षक, तालगुड़ के व्यापारी तथा किराने की दुकान के मालिक शशि हाजरा बरामदे में बैठे थे। गोरा को देखकर उसने कहा, ''चाय यहाँ बनेगी। भात मैं भेज दूँगा।''

''क्या है खाने में? मछली या मुर्गी?''

''अरे, आप क्या कहते हैं! पूरा एक बकरा काटा है। लीजिए, कमरा साफ करा दिया है। टॉर्च है न? बहुत साँप निकल रहे हैं।''

''तुम कहाँ जा रहे हो?''

''जरा नाश्ता-वाश्ता देखूँ। यह जागुला तो है नहीं। यहाँ कुछ भी नहीं मिलता। सड़क पक्की होने पर... ।''

द्वैपायन बोला, ''सड़क पक्की होने पर गाँव की चीजें बाहर नहीं चली जाएँगी?''

''देर है, सर! डाइन के हाथ में बच्चा—चूड़ामणि की देखरेख में सड़क बनेगी! सुरखी डालकर कुटवाएगा...फिर इस पर भी कितने नखरे!''

''सन्थाल, यानी माझीपाड़े में ले जाना है इन्हें। कल ही। अभी तो तुम्हारे छात्र खेतों में उतरे हुए हैं।''

माझीपाड़ा! इन लोगों के लड़के कितने आगे आ रहे हैं अब! खेजुरहाटा का पवन किसकू बड़ों को पढ़ना सिखा रहा है। बुरी तरह पिल पड़े हैं। घर पर धान हैं, पन्द्रह बीघे में अच्छी खेती है, पानी की तकलीफ नहीं है। अब इसे लेकर ही जुट गए हैं।''

गोरा हँसा और बोला, ''पवन किसकू काली-दा के अखबार का संवाददाता रहा है। मगर हाँ, सन्थाल-प्रधान गाँव होने के कारण पंचायत का सिरमौर वही बना है, और काम भी कर रहा है।''

शशि हाजरा ने जल-भुनकर कहा, ''उसकी वजह से हम लोग परेशान हैं। वह खुद लड़कों को लेकर आन्दोलन करता है और खेत-मजदूरी की दर सात रुपए से भी ऊपर चढ़ा दी है उसने। सात रुपए दूँ और साथ ही फरई-प्याज भी—इतना हमसे नहीं होता।''

''अच्छा?''

“पुलिस-चौकी में जाकर झगड़ा कर आया हूँ।”

“क्यों?”

“रानी मेझेन से किसी पुलिसवाले ने छेड़छाड़ की थी।”

“पुलिसवाले साले बड़े खच्चड़ हैं।”

“बाप रे, पवन की वे लम्बी-चौड़ी बातें! सुना है, लड़कियों के साथ बदमाशी करने पर आग लगा दी जाएगी। एक बात खूब सुन रहा हूँ, लेकिन समझ नहीं आ रही।”

“क्या?”

“बसाई टुडु लौट आएगा, पहले गोरा को भेजेगा।”

“नहीं-नहीं, फालतू अफवाह है।”

“अफवाह हो तो भी अच्छी लगती है।”

द्वैपायन ने अचानक कहा, “बसाई टुडु? गिरा?”

शशि हाजरा बोला, “मैं चलूँ, भैया?”

शशि के घर से पराँठे और तिल की पट्टी आई। द्वैपायन स्वचालित व्यक्ति है। उसने अपने घर को अच्छी तरह सजा-सँवार रखा है। मसहरी टँगी है। कछुआ धूप जल रही है। गोरा और इन्द्र के लिए शशि के घर से मसहरी, तकिया, गद्दा और चद्दर आ गए। गोरा ने बोला, “शशि सबका इन्तजाम रखता है।”

शाम को द्वैपायन अपने घर में बैठा हुआ बैटरी से चलनेवाले टेप-रिकॉर्डर की जाँच कर रहा था। इन्द्र टॉर्च लेकर घूमने निकला। वह थोड़ी देर बाद ही लौट आया था। लौटते वक्त शशि के बालक-नौकर से भेंट हो गई। वह कहने लगा, “घर पर चलिए, साहब। रास्ता अच्छा नहीं है।”

“साँप?”

“हाँ सा'ब। बहुत। दो दिन पानी बरसते ही निकल आए हैं सब। इस बार सभी बहुत भयभीत हैं।”

“साँप तो तुझे भी काटेगा।”

“उनका काटना अपनी किस्मत में लिखा है, साहब।”

“तू शशिबाबू का नौकर है?”

“बारहमासिया हूँ, हुजूर।”

“स्कूल नहीं जाते?”

“पहले जाता था।”

“उसके बाद?”

“बाप मर गया, इसलिए मैं बारहमासिया बना।”

"कहाँ जा रहे हो?"

"घर!"

"दूर है?"

"वहाँ।"

"खाना क्या शशिबाबू के घर खाते हो?"

"हाँ, हाँ। रात होने पर घर जाता हूँ।"

इन्द्र को पहुँचाकर लड़का चला जाता है। अँधेरे में ही निकल जाता है। इनका विश्वास है कि 'नर और नाग का वास' हमेशा से धरती पर है। साँप काटने पर कहते हैं, 'साँप का लिखा और बाघ का दिखा' टल नहीं सकता। विज्ञानोन्मुख आधुनिक जिन्दगी और खुशहाली, धीरे-धीरे इस नियतिवाद को काटेगी। हाथ में जलती टॉर्च रहेगी और पाँव में रहेगा जूता। सर्प-चिकित्सा की व्यवस्था भी करीब ही होगी। देहाती जीवन के हर कोष में कैंसर का संक्रमण। बारह महीने लगातार शशि-बाबुओं के दिन-रात गुलाम बने रहते हैं लड़कों के पिता। मर जाने पर लड़के स्कूल छोड़कर उन्हीं के यहाँ बारहमासिया बन जाते हैं। 'बॉन्डिड लेबर सिस्टम (एबोलिशन) आर्डिनेन्स 1975' द्वारा कृषि और ऋण दास प्रथा पर पाबन्दी लगाई जा सकती है। उस क़ानून में बँधुआ मजदूरों के राज्यवार नामों में 'बारहमासिया' नाम छोड़ा जा सकता है। उनके रक्षक राजनीतिक दलों का कुछ आता-जाता नहीं है। पश्चिमी बंगाल सरकार संविधान का ध्यान रखते हुए प्रगति के मार्ग पर अनेक खतरनाक रोगों के साथ बँधुआ मजदूर के कैंसर को लेकर आगे बढ़ रही है। 'जिला वार्ता' अखबार में काली साँतरा ने बारहमासिया प्रथा की जिलेवार आँकड़ों की सारिणी प्रकाशित की थी। पार्टी का अधपगला निःसंग इनसान! मारा गया या लापता है–अभी पता नहीं, लेकिन वह तसवीर अभी भी थाने की दीवार पर टँगी है। तुम क्या महज वह तसवीर थे जो थाने की दीवार पर टिकी है?

इन्द्र जब लौटा तो द्वैपायन उस समय कुएँ से पानी खींचकर नहा चुका था। उसने कॉफी बनाकर तैयार कर रखी है। गोरा कॉफी नहीं पीता। गोरा बुर्जुआ विलास में शामिल नहीं होता है। इन्द्र के भीतर आते ही द्वैपायन ने कहा, "जरा धीरे से बैठो, भाई। खाट ढीली है। कल सुबह हम लोग काम शुरू करेंगे।"

"गोरा बाबू?"

"शशि हाजरा के घर गया है।"

"चौकीदार?"

"वह भी घर गया है।"

"अच्छी बात है।"

इन्द्र पल्ले के दोनों ओर हाथ रखकर खड़ा हुआ था। उसने पूछा, "आपकी रिसर्च का क्या विषय है?"

"क्यों, बताऊँ?"

"दिन-भर आपके साथ घूमूँगा। किसके साथ घूम रहा हूँ, क्यों घूम रहा हूँ, यह नहीं बताना पड़ेगा? सन्थालों के गाँवों में घूमेंगे। उस दिन उस गाँव में इतना बड़ा काण्ड हो गया है, वहाँ नहीं जाइएगा...?"

"किसने कहा, नहीं जाऊँगा?"

"जाएँगे?"

"जहाँ जाना जरूरी होगा, जाऊँगा।"

"किस सिलसिले में जा रहे हैं?"

"सन्थाल समाज की नई समीक्षा करने के लिए।"

"समीक्षा! देखिए, मैं काम करनेवाला लड़का हूँ, यह सब शोध-वोध नहीं समझता और समझना भी नहीं चाहता। वे कोई चार सौ बीस तो हैं नहीं। फिर यह तो बताइए कि अन्त में आलतू-फालतू तो नहीं लिख मारेंगे?"

"नहीं, सच बात ही लिखूँगा।"

"क्या लिखिएगा? बताइए न हमें। मैं तो नासमझ आदमी हूँ। उनके बीच मुझे काम करना है। काम खत्म करके आप चले जाएँगे। आपसे न सीखने पर मैं फिर काम कैसे करूँगा?"

द्वैपायन भूरी आँखों से देखता है। कहने लगा, "बताऊँगा।"

गहरी नाराजगी से इन्द्र ने द्वैपायन की नाइलान की मसहरी तथा दूसरा विदेशी साजोसामान देखा। नरम, कीमती, सिल्क नाइलान से बना स्लीपिंग बैग। भीतर किस चीज की पैडिंग है? कैमरा, टेपरिकॉर्डर, नाइलान का पाजामा। इस आदमी को धान-रोपाई के काम में लगा दिया जाए तो कैसा रहे?

शशि और गोरा लौट गए। बड़े गमछे में बँधी देगची है। मांस की खुशबू। शशि ने कहा, "चौकीदार आकर पानी देगा, मैं जा रहा हूँ।"

मिर्चीदार मांस, बहुत ही मीठा चावल, इमली की मलाईदार चटनी, भुना हुआ बैंगन। इन्द्र ने जमकर खाया और फर्श पर दरी बिछा मसहरी ओढ़कर लेट गया। फिर सो भी गया।

सूड़ा के माझीपाड़े के लोगों को जुटाते-जुटाते दूसरे दिन शाम हो गई। दिन में सभी धान-रोपाई करने में, सड़क काटनेवाली मिट्टी हटाने में व्यस्त रहे। शशि के स्कूल में हैअक झूलता है, कई कुर्सियाँ हैं। सामने कई अभिव्यक्तिहीन नीरव, काले-काले चेहरे। द्वैपायन बोला, "इस तरह भला कोई बात होती है? किसी एक

आदमी को बुलाइए।''

माधव उठ आया। माधव हाँसदा। उसे देखते हुए पता चल गया कि वह पहले भी सामने आया है, उसने पहले भी बातें की हैं। द्वैपायन ने टेप-रिकॉर्डर चालू करके बात शुरू की।

''गाँव में कितने जने हैं? कितने पढ़े-लिखे हैं? लिखाई-पढ़ाई का क्या उद्देश्य है? क्या लड़कियाँ भी लिखती-पढ़ती हैं?''

माधव अपनी औकात के मुताबिक जवाब देता है। बेझिझक। कोई हिचक नहीं।

''अपने हक के लिए वे लोग क्या करते हैं? लड़ाई करते हैं क्या?''

''यह बात पवन किसकू बता सकते हैं।''

''यहाँ नक्सल आन्दोलन चला था क्या?''

माधव को पता नहीं है।

''तुम लोग तो उस आन्दोलन में नहीं गए। मेरे पास समाचार है। क्यों नहीं गए? क्यों?''

माधव ने बहुत ही चकित और सतर्क दृष्टि से उस तरफ देखा। कोई बात नहीं की। उसकी आँखें घूमीं। वह समझने की कोशिश कर रहा है।

''बसाई टुडु के आन्दोलन में भी नहीं गए थे। क्यों?''

माधव ने हाथ उठाया। भूखे खेत-मजदूर के लिहाज से अधिक गुस्से भरी आवाज में शशि से कहने लगे, ''पिछली बार जिस आदमी को लाए थे, उससे पूछा था कि तुम लोग बसाई के साथ क्यों गए थे? नक्सली आन्दोलन क्यों शुरू किया था? लेकिन यह बाबू साहब पूछते हैं कि तुम लोग नक्सली क्यों नहीं बने? बसाई के साथ क्यों नहीं गए? ऐसी बातें आप लोग क्यों पूछ रहे हो? जाओ-जाओ, फालतू बात का जवाब नहीं है।''

शशि ने कहा, ''अरे, यह तो सिर्फ पूछ रहे हैं।''

माधव ने कहा, ''हैजक जलाकर और कुर्सी लगाकर बैठे-बैठे ऐसी बातें पूछने से कोई लाभ नहीं, बाबू। हम लोगों को कुछ नहीं कहना। शशिबाबू समिति के सिरमौर हैं। हम लोगों को आधा मजदूरी देने में काँखने लगते हैं, उनसे पूछकर तो देखिए। बोलिए शशिबाबू, आप ही बोलिए।''

फिर माधव कहने लगा, ''चलो उठो, घर चलें सब।''

वे लोग चले गए। द्वैपायन बोला, ''क्या हुआ? कुछ समझ नहीं आ रहा! इन लोगों ने तो कोई आन्दोलन नहीं किया।''

शशि कहने लगा, ''टुडु का नाम ले बैठे। वैसे ही वे हम लोगों में से किसी

पर भी विश्वास नहीं करते!"

"पवन किसकू खेजुरहाटा में है?"

"हाँ। चलिए, वापिस चलें।"

"वहीं चलिए कल।"

दूसरे दिन वे लोग खेजुरहाटा रवाना हो गए और खेजुरहाटा पहुँचाकर गोरा ने इन्द्र से कहा, "मैं जीप लेकर जागुला जा रहा हूँ। भुईयाँ की जीप है, उसका ड्राइवर ले जाएगा फिर।"

"क्यों?"

"इन्द्र! मैं क्या करूँ उसके साथ घूमकर? कहाँ से क्या करने आया है, किसे पता? सदर में मुझे भी काम है।"

द्वैपायन बोला, "जीप नहीं चाहिए।"

"नहीं चाहिए?"

"नहीं।"

"लौटिएगा कैसे?"

"मुझे पैदल या बैलगाड़ी में चलने की आदत है।"

"ठीक है। चलिए, मिला दूँ।"

"कहाँ? किससे?"

"समिति के दफ्तर में। बैरागी सरदार के घर पर ही दफ्तर है, वही मन्त्री हैं। पर बैरागी मिले तब न? धान-रोपाई के वक्त वह आदमी गाँव में थोड़े ही रहता है।"

कच्चे मकान के एक ओर बैरागी का घर, बाड़े की दीवार की दूसरी ओर समिति का दफ्तर। उनके आने का समाचार पहले से आया हुआ था। तारीख नहीं दी गई थी। बैरागी के लड़के ने समिति का घर खोल दिया तथा वहाँ बँधे बकरे को लेकर चला गया। फर्श पर चटाई। कोने में कागज-पत्तर रखने की जगह। इन्द्र और द्वैपायन ने चटाई पर अपना सामान रख दिया। बैरागी की जोरू सिर पर लकड़ी का बोझा लिए घर के भीतर आई। आँगन में बोझ फेंका और उन्हें देखकर बोली, "घर पर नहीं हैं, शायद कहीं गया है।"

इन्द्र ने कहा, "ठीक है, कोई बात नहीं।"

औरत बीमार-सी थी। पतली आवाज में बोली, "उधर कुआँ है, पानी है। आप लोग नहाइए। मैं भात चढ़ाती हूँ। चाय बनाऊँ।"

लोग-बाग आते होंगे। चाय के इन्तजाम से ही पता चलता है। गुड़ की चाय, उसमें आदी का रस या दूध नहीं है। इन्द्र ने रसोई के लिए पानी खींच दिया।

कुछ लकड़ियाँ चीर दीं। औरत ने बेहिचक मदद ली। बाद में बोली, ''भात और पोस्ता। और कुछ नहीं है।''

''इतना ही बहुत है।''

''लोग कितना देना चाहते हैं, लेकिन वह कुछ नहीं लेता।''

बैरागी शाम को आ गया। द्वैपायन को देख वह घबरा गया। इन्द्र से कहने लगा, ''पवन का कमरा है उधर। इसी साल नया खड़ा किया है। आप लोग वहाँ चलिए।''

''नहीं। यहीं ठीक है।''

द्वैपायन को दिक्कत हो रही है, जानकर इन्द्र को बहुत खुशी हुई। ''प्राकृतिक जरूरत पर बँसवारी में कहीं भी 'पगार' लो।'' द्वैपायन ने शहीद की तरह चेहरा बनाकर पूछा, ''पगार?''

''गड्ढा खोदने पर उसे पगार कहते हैं।''

बैरागी ने कहा, ''पगार की कितनी सुविधा है। गू जब भर जाएगा तो मिट्टी से पाट दूँगा, खाद बनाऊँगा। उस खाद से जो खेत तैयार करता हूँ, उसमें सोना फलता है। पहले कोई नहीं समझता था। मैं कहता हूँ कि मैला जब मिट्टी बन जाता है तो मैला कहाँ रहता है? इससे बढ़िया कोई खाद नहीं है।''

इन्द्र ने कहा, ''आप चले जाइए। उसे दाबे रहिए जागुला लौटने तक।''

''साँप तो नहीं है?''

''हेले-ढैमना साँप तो खैर होगा ही।''

द्वैपायन चला गया और बहुत जल्दी ही लौट आया। बैरागी की समिति का कमरा। दोपहर में भात और पीसा हुआ पोस्ता। मलत्याग के लिए पगार हेले और टैमना या दाँड़ास साँप की सम्भावना। गाँव से घनिष्ठ परिचय से उसे या गाँव को मदद मिली हो, ऐसा नहीं लगा। इन्द्र खुश होता हुआ कहने लगा, ''जीप अब नहीं आएगी। कीचड़, कंकड़, मिट्टी में गिरते-पड़ते पैदल चलना पड़ेगा। अब वाकई गाँव से आपका परिचय होगा।''

उसके बाद इन्द्र ने कहा, ''बोलिए तो किसलिए आए हैं आप?''

''बताऊँगा, बताऊँगा।''

शाम को पवन के घर। पवन किसकू। अपनी जाति के मुकाबले में धनी। पन्द्रह बीघे जमीन का मालिक। देखकर पता चलता है कि उसका असर-रसूख है। साफ चमकते आँगन में सूअरबाड़ा। गाय का थान। चबूतरे पर ब्लैक-बोर्ड, आले में पतली-पतली किताबें। ठीक शाम के लगभग पवन की जोरू, माँ, लड़की नहर से मछली पकड़कर लौटती हैं। पवन किसी राजनीतिक पार्टी में नहीं है।

इन्द्र का नाम सुनते ही पवन उसे पहचान गया। कहने लगा, ''चूड़ामणि के साथ झगड़ा करोगे। वह भी खाली हाथ? पुलिस और उसमें नक्सली आन्दोलन के समय से पति-पत्नी का रिश्ता बन गया है। उन लोगों ने एक बन्दूक छीन ली थी, अब उसकी तीन बन्दूकें हैं, दनादन चलाते हैं। यह बाबू कौन हैं?''

''इन्हीं के लिए आया हूँ।''

''किताब लिखेंगे?''

द्वैपायन ने कहा, ''नहीं, नहीं।'' फिर चारों ओर देखकर बोला, ''तुम लिखाई-पढ़ाई सिखा रहे हो, लेकिन किन लोगों को?''

''जो आता है, उसे ही।''

''कोई सरकारी प्रोग्राम है क्या?''

''नहीं।''

''फिर?''

''पढ़ना-लिखना सीखें, यही उद्देश्य है। किताबें पढ़कर बातें जानें। यह लोग कुछ नहीं जानते। इसी कारण मारे जाते हैं।''

''जान जाने पर?''

''हम लोगों का हक क्या है, इतना ही जान जाएँ। सरकार जो दे रही है, यह तो इतना नहीं भी जानते। नक्सली अन्दोलन चला, फिर बसाई ने लड़ाई चलाई। क़ानूनगो को पकड़कर परताप कूड़ा की बेनाम, खास जमीन निकाली। सभी को कुछ-न-कुछ मिला। मेरे घर पर तेरह लोग हैं, कुल मिलाकर पन्द्रह बीघा जमीन है। दो साल तक किसी ने कुछ ध्यान नहीं दिया। जबरदस्ती परताप का आदमी जमीन छीन ले रहा है, मेरी जमीन? नहीं। क़ानून भी जानता हूँ, लड़ाई लड़ना भी।''

''हक के लिए लड़ते हो?''

''न लड़ें तो सारी छीन लें। ये सारी जमीन सन्थालों के जंगल से हासिल की गई है। कहाँ गई वह सारी जमीन? लड़ाई न करने से ही तो गई है। इसीलिए लड़ाई लड़ता हूँ। हक चाहिए।''

''तुम तो मजे में हो!''

''वह तो हूँ।''

''अपने समाज के और लोगों से बेहतर हो।''

''कहते जाओ, बाबू।''

''पिछले दस साल में तुम लोग किसी आन्दोलन में नहीं जुटे हो। ऐसा क्यों, बता सकते हो? क्या लगता है तुम्हें?''

"सारी बातों का जवाब दूँगा। और कुछ पूछना है, वह भी पूछो।"

"तुम्हारे समाज के बहुत कम लोग ही आन्दोलन में उतरे हैं। अधिक लोग नहीं उतरे। जिन्होंने पढ़ाई-लिखाई की, सीखा है वही लोग समाज से दूर हटते जा रहे हैं। वे कोई भी आन्दोलन नहीं चाहते? तो फिर किस रास्ते से तुम लोगों को हक मिलेगा, बताओ?"

"क्या कहूँ? कौन-सी बातें कहूँ?"

"तुम्हें देखकर ही पता चल जाता है। यहाँ तक कि सन्थाल-नेता बसाई टुडु के आन्दोलन का कोई असर तुम्हारे समाज पर नहीं पड़ा। यानी तुम लोगों के समाज पर। ठीक कह रहा हूँ न?"

"जो नाम बार-बार ले रहे हो, वह नाम इतनी आसानी से नहीं मिटने का, जानते हो? कौन हो तुम? आँखों पर चश्मा। हाथ में मशीन। आकर तुम लोग फटाफट उसका नाम पूछते हो, क्यों? नहीं, नहीं, कोई बात नहीं बताऊँगा। उस समय नक्सली आन्दोलन चल रहा था। टुडु ने हम सभी को पुकारा था। उस समय भी एक बाबू आया था। भोली शकल बनाकर बातें पूछता था और पुलिस को राय देता था।"

"अरे, मैं पुलिस का आदमी नहीं हूँ।"

"नहीं, नहीं, नहीं।" पवन ने सिर हिलाया। कहने लगा, "अभी कह रहे थे कि मैं बाकी समाज से बेहतर हूँ! ऐसा क्यों कहा? मेरे साथ सभी को जमीन मिली थी। डर से और मार से सबने छोड़ दी। अपनी जमीन का कब्जा लूँगा। जब तक वह काम नहीं होता, खाए खर्च से बची अपनी जमीन की फसल को धर्मगोला बनाकर रख रखा है। उस बाबू को पता है कि सोरेन फसल इसी तरह रखता है। हम लोग दूसरी तरह रखते हैं। पढ़ा-लिखा सन्थाल भी समाज की बात सोचता है। अवश्य सोचता है। लड़ाई में शामिल? कौन नहीं हुआ? किसने मार नहीं खाई? किस हिसाब से बातें कर रहे हो तुम?"

"मगर...?"

"मैं भी नौ दर्जे तक पढ़ा हूँ, तुम लोगों के स्कूल में। बहुत मार खाई है। अब सब-कुछ समझता हूँ।"

द्वैपायन लाचार होकर लौट आया था। उस रात ही अपमानित, अस्वीकृत द्वैपायन ने इन्द्र को अपनी शोध का विषय बताया। और कोई समय होता तो शायद नहीं बताता। मगर पहले माधव और बाद में पवन से अपमानित होने का अनुभव उसकी जिन्दगी का पहला अनुभव था। बहुत दिन पहले वह विश्वविद्यालय के जमाने में सन्थालों के गुप्त जीवन पर शोध के सिलसिले में सन्थालों की एक

शादी में गया था। जब काले इनसान नाच-गानों में डूब गए थे तभी एक बूढ़े ने कहा था, "जोतदार का सिर काटकर आया हूँ, इसलिए नाच-गाने में रौनक बढ़ी है।" यह सुनकर वह बहुत डर गया था, भीषण भय। आतंक उपजता है सन्थालों के बारे में सोचते हुए। इनका चेहरा देखकर कुछ समझ में नहीं आता। बहुत डर पैदा होता है।

यह डर, यह अविश्वास उसके भीतर घर कर गया है।

और द्वैपायन एक अरसे से लोगों के, आम लोगों के सम्पर्क में नहीं आया। सामन्त, गोरा या इन्द्र—इनसे मिलकर भी उसे बेचैनी होती है। माधव, पवन, भतुआ लड़का—धरती की इन प्रत्यक्ष सन्तानों के साहचर्य में वह बहुत ज्यादा बेचैन हो जाता है।

द्वैपायन अपने ही जैसे नकली इनसानों के साथ मिलता है। वहीं, जहाँ वह लम्बे अरसे से सुनता आ रहा है कि वह असामान्य विद्वान है, विशाल अध्ययन है उसका, उस दुनिया में उसे आदर और सम्मान मिला है, श्रद्धा, सम्मान, प्रशंसा पाने की उसकी आदत पड़ गई है। इन्हीं बातों के कारण उसकी आस्था जग गई है अपने-आप पर।

पहले माधव, उसके बाद पवन ने अपने गुस्सैल, काले पंजे से उसके आत्मविश्वास का नकली आवरण, असत्य की केंचुली उतार फेंकी है। खारिज कर दिया उसे। और चूँकि द्वैपायन जुता हुआ घड़ा है, उसका सारा पाण्डित्य या व्यक्तित्व उधार लिया हुआ है, अपना कहने के नाम पर उसके पास कुछ नहीं है—इसलिए वह बहुत ही कमजोर हो गया है। उसका आत्मविश्वास डिग गया है। अगर मन की ऐसी हालत होती तो वह इन्द्र से ये बातें नहीं कहता।

मन की यह हालत होने के बावजूद पहले वह यह बातें किसी से कह नहीं पाया। बैरागी के घर लौटकर धुँआती लालटेन की रोशनी में चटाई देख उसने साँस छोड़ी थी। उसके बाद कहा था, "थोड़ी ह्विस्की पीओगे?"

"नहीं।"

"मैं पीऊँगा।"

"पीजिए।"

"गिलास?"

"इन लोगों के गिलास पानी पीने के लिए होते हैं। अपने फ्लास्क के गिलास में पीजिए न?"

"उसी में पी लूँगा।"

"नीट पीजिएगा?"

—

"पानी मिलेगा?"

"यहाँ आकर क्या पानी नहीं मिला? आप भी एक चीज हैं! गाँव-देहात में जाने का शौक क्यों चर्राता है आपको?"

"मैं कुछ नहीं खाऊँगा।"

"उन्हें यह बात बता आऊँ।"

बैरागी को बहुत ताज्जुब नहीं हुआ। धीमी आवाज में उसने इन्द्र से कहा, "उनको दिक्कत हो रही है, क्या करूँ, बताओ तो?"

"कुछ मत कीजिए।"

"कई लैठा मछली मिली हैं।"

"हम लोग ही खाएँगे। जरा पानी चाहिए।"

"पानी पीओगे?"

"नहीं, वे शराब पिएँगे।"

"शराब...यानी...।"

"आप परेशान मत होइए, बैरागी-दा। मैं जो हूँ।"

इन्द्र पानी ले गया। द्वैपायन ने अपना बिस्तर बिछा लिया। इन्द्र ने पानी दिया। उसका बदन गुस्से से खौलने लगा। फिर भी वह चाह रहा है कि वह शराब पीए। शराब पीने पर असली राज खुलेगा। यह पुलिसिया नहीं है। कोई फूट-परस्त दलाल है। असलियत का पता लगाना चाहिए। उसके बाद व्यवस्था की जाएगी। सामन्त ने इस व्यक्ति को इन्द्र की गरदन पर क्यों लादा? इसे लेकर इन्द्र घूम रहा है। यह यहाँ क्या करने आया है? शायद निहायत ही किसी गुप्त काम पर है। क्या काम हो सकता है?

द्वैपायन ने एक चपटी बोतल निकाली और खोली। सुदूर अतीत में दिल्ली के किसी शीशे ढँके निःशब्द कमरे में सानि वज्रपाणि ने बोतल देते हुए कहा था, "विद माई विशेज।"

असहनीय, असहनीय है इस किसान कार्यकर्ता का गरीब कमरा, मलिन चटाई, बाड़े की दीवार पर बँगला कैलेंडर। द्वैपायन कब सानि के शीत-ताप नियन्त्रित मकान में जाएगा? कब वह फिर से बेनजीट का बनाया हुआ क्रुद्ध बैलों की जोड़ी का चित्र देखेगा? चमड़े के कुशनों पर बदन ढीला छोड़कर स्कॉच की चुस्की लगाएगा, बीच-बीच में उठा लेगा रोस्ट किए हुए चीतल के मांस के टुकड़े। सानि के घर में आदिवासी डिनर के वक्त शीशे की दीवार के उस पार हजारों वाट के बल्बों की रोशनी में नई दिल्ली कौतुक से हँसती है। घर पर द्वैपायन परिवार बाइसन के सींग के खोल में छाड़ भरकर पीते हैं। बाँस की चींग में जंगली

सूअर का मांस भरकर, चोंउ पर मिट्टी पोतकर, लकड़ी के कोयले के चूल्हे में रखकर उसे पकाया गया था। एक बार कच्चे शाल की खाल में भरकर मांस रोस्ट किया गया था। सानि के घर पर 'आदिवासी शाम को आएँ' का निमन्त्रण एक असामान्य घटना होती है। वहाँ द्वैपायन कब जाएगा?

ह्विस्की पीने के बाद ही कहीं द्वैपायन इन्द्र से बोल सका, "मैं प्रमाणित कर दूँगा कि सन्थाल लोग कतई लड़ाकू नहीं हैं। समझे छोकरे, सन्थालों को बहुत आसानी से लालच देकर फुसलाया जा सकता है, बदला जा सकता है। उसके लिए... ।"

इन्द्र चुपचाप सुनता रहा। सुनते-सुनते सारी बातें जैसे साफ होने लगी। उसने सिर्फ एक बार धीरे से कहा, "सामन्त-दा ने यह बातें सुनी थीं?"

"बेशक।"

"फिर से कहिए!"

"सामन्त को सब-कुछ पता था। जान-बूझकर ही उसने इन्द्र को भेजा था।" बहुत देर बाद इन्द्र ने कहा, "चरसा जाऊँगा।"

"क्यों?"

"एक जमाने में बहुत लड़ा था।'

"हाँ, ठीक कह रहे हो।"

"सन्थालों को आपने ठीक ही पहचाना है?"

"तुम समझ नहीं पा रहे हो। आदिवासी समाज की आदिम एकता है ही बहुत खतरनाक। वे बँटे रहें तो हम बने रहेंगे। वे एकजुट होंगे तो हमारा खात्मा हो जाएगा।"

इन्द्र दूसरे दिन द्वैपायन को चरसा ले गया—हाट जानेवाली बैलगाड़ी में, ईंटोंवाली लॉरी में, फिर पैदल। सोरेन का घर। दुमंजिलेवाले कमरे में थके-हारे द्वैपायन लुढ़क गए।

इन्द्र सोरेन के साथ निकल गया। बहुत, बहुत देर तक उन लोगों की बातचीत होती रही। उसके बाद सोरेन ने कहा, "मेरे हाथों में छोड़ दो।"

"उसके बाद?"

"तुम्हें क्या लग रहा है?"

"मैं जागुला जाऊँगा।"

"क्यों?"

"सामन्त को जवाब देना पड़ेगा। उसे पता था कि यह आदमी यहाँ किसलिए आया है, क्या प्रमाणित करना चाहता है वह? बँगला अखबार में इस पर लेख

निकल सकता है। दो और दो मिलकर चार होते हैं। यही तुम लोगों के मन में है। मुझे भी बेईमान समझते हैं।''

''उसके बाद?''

''एक दिन तुमने जो कहा था, वही करूँगा।''

''क्या?''

''तुम्हारा रास्ता अलग, मेरा रास्ता अलग। कहाँ से अलग है, वह तो मैं जानता हूँ और तुम भी। फिर यह बात इतने दिनों से सुन रहा हूँ। शायद यह मामला जबरदस्ती अलग किया गया है। अब हम लोगों को देखना पड़ेगा, खोजना होगा कि हम लोग कहाँ-कहाँ एक हो सकते हैं, और कहाँ-कहाँ एक हैं? शायद हम एक हैं, खुद नहीं जानते। जानना पड़ेगा, सोरेन, जानना पड़ेगा।''

''तो चले जाना फिर!''

''काम करना होगा। कुछ भी नहीं किया गया है।''

''नहीं।''

''सारा काम बाकी है?''

''हाँ, इन्द्र। मगर...तुम्हारी पार्टी?''

''सब-कुछ नए सिरे से सोचना पड़ेगा।''

''हाँ।''

बात करते-करते वे लोग नदी के किनारे आ खड़े हुए। इन्द्र ने कहा, ''शोषण के सारे पुराने ढाँचे बरकरार रखकर, बाहर से पलस्तर मारने से काम नहीं चलता।''

''तुम समझो और देखो।''

''समझ रहा हूँ, देखूँगा भी।''

''उस बात के बारे में क्या कहोगे?''

इन्द्र की आँखें धूसर हो गईं। इन्द्र हलकी हँसी हँसकर बोला, ''मैं कहूँगा कि वे जाने कहाँ चले गए हैं, मुझे पता नहीं है। उसके बाद लौटे तो ठीक, नहीं लौटे तो भी ठीक, मेरा क्या जाता है?''

''नहीं, तुम्हारे-मेरे कुछ करने का नहीं है।''

''चलूँ। ऊपरवाला कमरा मुझे भी पसन्द है।''

इन्द्र चला गया, पीछे देखे बगैर। निर्णय पर पहुँचने में जो देरी होती है... निर्णय में पहुँचने पर...?

सोरेन लौट आया।

द्वैपायन की नींद शाम को खुली। उसके बाद चाय पीकर वह सोरेन और उद्धव के साथ बाहर निकला। नदी पार करके वन-भूमि। सोरेन उसे बसाई टुडु का पाँचवाँ आश्रय, बरगद की गुफा दिखाएगा। सोरेन ने उसकी सारी बातें चुपचाप सुनी हैं। उसके मन में खुशी है।

सोरेन उसे लेकर वन के अन्दर घुसा। बहुत देर चलने के बाद वे लोग एक विशाल बरगद के पास पहुँचे। बरगद की जटाएँ जमीन पर फैलकर गुफा-सी बन गई थीं।

"उस ओर क्या है?"

"नदी का सोता था। अब खड्ड बन गया है।"

"खड्ड?"

"हाँ, कुएँ जितना गहरा।"

"यहीं क्या वह...?"

"चुप!"

सोरेन ने कान लगाकर जाने क्या सुना। उसके बाद कहा, "उद्धव! खदान में एक ढेला फेंको।"

उद्धव ने ढेला फेंका।

"बहुत गहरा है।"

"हाँ। चलो!"

"जरा बैठो। बहुत पैदल चले हो। इस जगह को देखो। काली बाबू को यहाँ मारा गया था। लाश फेंक दी गई थी यहीं। उद्धव का बाप बेतुल काउरा उसकी हड्डियाँ चद्दर में बाँध रहा था...उसे भी मार दिया।"

"हाँ, उस समय...यानी...।"

सोरेन ने धीरे-धीरे कहा, "सन्थाल डरपोक हैं! सन्थाल कायर हैं! सन्थालों को आसानी से खरीदा जा सकता है, क्या कहते हो...हाँ...?"

"मैं...।"

"बहुत बातें सुनी हैं। बाबा तिलका माझी का नाम भूल गए? सिधु-कानु के हूल का पता है? सन्थालों ने लहू दिया हे। तेभागा अन्दोलन हुआ। सन्थालों ने सबके साथ लहू दिया। नक्सली गाँव छोड़कर शहर नहीं गए। पुलिस और मिलेट्री ने सन्थाल गाँव को जलाकर राख कर दिया। बसाई टुडु ने सन्थालों को लेकर लड़ाई चलाई थी, वह भी बह गया। अब लिखित प्रमाण रख जाओ कि सन्थाल लोग हर तरह से डरपोक हैं। अच्छी बात है! मगर क्यों?"

"यही तुम समझने में गलती कर रहे हो...।"

"बाबू! पुलिस-मिलेट्री पहचानी जाती है। वे लोग बन्दूक लेकर आते हैं। मगर आदिवासियों के दोस्त बनकर आए तुम लोग कौन हो? शिक्षित सन्थाल और नंगे फकीर सन्थाल में फूट चाहते हो! फूट चाहते हो सन्थाल और दूसरे आदिवासियों में! इसे प्रमाणित करो डरपोक, उसे प्रमाणित करो वीर! आदिवासियों का और तो सब-कुछ छीन लिया है, अब इस फूट की भी जरूरत पड़ गई है?"

"नहीं, नहीं, नहीं...वह नहीं...।"

"बसाई टुडु गिरा भेज रहा है, पता है?"

"नहीं, यह क्या कह रहे हो, वह मर गया है...।"

"वह कभी नहीं मरता, यह नहीं जानते? आदिवासियों के गले में जब तुम लोगों का फन्दा कसकर बैठता है तो नंगे कंगाल के, डोम काउरा के गले में से गिरा चला जाता है। आँ! गिरा भेजकर वह फिर सन्देश भेज देता है, नहीं जानते? नहीं बाबू, उठकर कहाँ जाओगे? चलो, पीछे चलो, चलो! पीछे चलो, मुझे अच्छी तरह देखो! रो क्यों रहे हो? देखो, आँखें खोलकर देखो! बसाई टुडु आ गया है मेरे अन्दर, देखो! चलो!"

और सोरेन चिल्ला उठा सूअर भगाने जैसे भीषण हर्ऽऽऽ गर्जन के साथ और द्वैपायन ने डरकर वहाँ से भागने की कोशिश की। अचानक सब-कुछ धुँधला। चश्मा उतार लिया सोरेन ने। सीने पर हलका-सा धक्का। 'नाऽआँऽआँ' चीत्कार के साथ खदान में लुढ़कते हुए गिरना...नीचे और नीचे...। खदान में सीधे गहरे...अचानक झटके से वह पलट गया है। गिरने पर उठना असम्भव है। नीचे पत्थर। कहीं अतल में भारी चीज गिरने की आवाज। दोनों हाथ फैलाकर सोरेन पत्थर की तरह खड़ा रहा, खड़ा रहा। 'यह मैंने क्या किया? क्या किया?' भीतर से जैसे काँप रहा हो। अब वह सम्पूर्ण दूसरा आदमी लग रहा है। दूसरी भूमिका है अब उसकी। दूसरा उत्तरदायित्व है उस भूमिका का। बसाई टुडु का संग्राम जिस प्रतिपक्ष में था, उस दुश्मन को पहचानना आसान था। वह प्रतिपक्ष आज भी है। अब और नए-नए प्रतिपक्ष उभरे हैं, अनेक मोर्चों पर एक साथ संग्राम। संग्राम जारी रखना पड़ता है। संग्राम कभी खत्म नहीं होता। बसाई टुडु की गिरा? पत्तों की मर्मर ध्वनि वही बात ही कहने लगी।

सोरेन ने हाथ नीचे किया। चश्मा खदान में फेंक दिया। उद्धव से कहा, "सामान कल फेंक जाऊँगा।"

"यहाँ नहीं, वहीं उधर।"

वे वन से लौटने लगे। द्वैपायन के लापता होने पर झमेला हो सकता है। उससे बचाव करना है। इन्द्र के लौट आने पर काम का प्रोग्राम बनाना पड़ेगा।

अपने लोगों को संगठित करना होगा। सिधु-कानु के हूल का गाना अभी मन के मुताबिक नहीं बना है। वे लोग नदी के चर पर उतरे। बालू के बीच से चलते हुए सोरेन ने कहा, ''साला खोचर का काम करने आया था!''

बालू के बाद पानी। चेहरा उठाते ही आसमान से सटा चरसा गाँव तैर आया। चलते-चलते सोरेन ने कहा, ''तुझे पता नहीं है उद्धव, कि हूल के समय सिधु-कानु के साथ सारे डोम बाउरी छोटी जात के लोग शामिल थे।''

●●●